光尘

LUXOPUS

THE SCIENCE OF WRITING CHARACTERS

KIRA-ANNE PELICAN
[美]基拉-安妮·派力肯 ◉ 著

张净雨 ◉ 译

人设心理学

用心理学塑造故事人物

国际文化出版公司
·北京·

图书在版编目（CIP）数据

人设心理学 ：用心理学塑造故事人物 /（美）基拉-安妮·派力肯著 ；张净雨译. -- 北京 ：国际文化出版公司，2023.4

ISBN 978-7-5125-1466-9

Ⅰ. ①人… Ⅱ. ①基… ②张… Ⅲ. ①文学创作－人物形象－研究 Ⅳ. ①I042

中国版本图书馆CIP数据核字（2022）第230736号

北京市版权局著作权合同登记号 图字01-2023-0132号

人设心理学：用心理学塑造故事人物

作　　者 [美] 基拉-安妮·派力肯
译　　者 张净雨
责任编辑 吴赛赛
出版发行 国际文化出版公司
经　　销 国文润华文化传媒（北京）有限责任公司
印　　刷 文畅阁印刷有限公司
开　　本 880毫米×1230毫米　32开
6.5印张　131千字
版　　次 2023年4月第1版
2023年4月第1次印刷
书　　号 ISBN 978-7-5125-1466-9
定　　价 52.00元

国际文化出版公司
北京朝阳区东土城路乙 9 号　邮编：100013
总编室：（010）64270995　传真：（010）64270995
销售热线：（010）64271187
传真：（010）64271187-800
E-mail：icpc@95777.sina.net

致故事讲述者：你笔下的人物将改变现状，并激励着后人一同加入。

我们需要这样的你，比以往任何时候都更需要。

目录

第三章

人格决定对话

第四章

人物动机

第五章

人物的转变

第六章

情感之旅

第七章

次要人物的作用

第八章

角色工作坊

译者序　在虚构中洞察人性

合上书籍，你或许会忘记华丽的辞藻，但你会记得栩栩如生的人物。

走出影院，你或许会忘记震撼双眸的视听奇观，但你会记得银幕世界中那个让你感动至深的人物。

退出游戏界面，你或许会忘记徜徉在虚构世界的自由快乐、与敌人追击搏杀的刺激，但你会记得游戏世界里你的化身人物。

总之，人物塑造是任何叙事媒介的核心，因为人物是我们共情的对象，我们跟随人物进入虚构世界，通过虚构人物，审视自我以及自我与他人的关系。

作为一名戏剧影视导演系的教师，从艺考招生选拔到教学课程的讲授，我的日常贯穿着对人物塑造技巧的考核与指导。毕竟影视人物塑造是由编剧、摄影、表演、剪辑、美术等工种在导演的带领下，合力创作的结果。

作家、编剧懂得人物，才能创作出一个让受众动情、认同的戏剧人物。

摄影师懂得人物，才知道如何用镜头语言传达人物的情感和思想，每一次镜头的运动、景别的变化、光影色彩的设计，都和人物的内心世界、人物与人物之间的情感关系密切相关。

演员懂得人物，才知道如何应用表情和体态传达情感，以何种声音与方式来言说台词。

在教学中，我们不断从专业角度剖析成功塑造人物的技巧，市面上关于人物塑造的书籍也如汗牛充栋，但是人物塑造始终是创作中的难点，有太多的作品有着精彩的情节设定，却因为人物的动机不清晰、人物没有弧光、无法得到观众认同而遭到诟病。似乎纯粹的剧作理论并不能够让所有艺术创作者创作出打动人心、令人难忘的人物。

人物塑造技法的关键究竟在哪里呢？难道它无法被理性总结，只能靠纯粹的天赋、直觉与洞见？

作为教师，我在一次次阅读学生剧本的时候，不断思考着这个问题……直到有一天，一个毕业生跟我分享了她的人生经历，才让我找到了这个问题的可能性答案。虽然已不再从事影视行业，但她成了一个成功的销售，并拥有幸福的家庭。她感叹剧作课上对人物塑造的分析，让她获得了洞察人心的知识：一个能够读懂自我与他人内心世界的人，自然会有良好的人际关系，也不会和自己较劲。这一个从“内行”到“外行”的感悟，不禁让我看到了人物塑造的核心本质——洞察人心。从那一刻我意识到，心理学应当成为艺术创作者的必修课。当编辑向我推荐翻译此书时，我欣然答应，结合心理学来探讨角色塑造的艺术，不正是我一直在课堂上推崇的理念吗？

本书的作者基拉 - 安妮 · 派力肯引用人格心理学、进化心理学、神经科学、叙事心理学、媒介心理学和发展心理学阐释了诸如心理普遍性、个体差异、动机、情感、人际关系，以及人一生中的改变和发展的方式等涉及塑造人物策略的诸多方面。作者援引丰富的案例，覆盖不同的媒介，从经典小说《傲慢与偏见》到通俗小说《哈利·波特》，从时下热议的英剧、美剧，如《绝命毒师》《黑道家族》《伦敦生活》《权力的游戏》，到系列电影大片《阿凡达》《指环王》……

在翻译此书前，我以为自己将要面临跨学科理论的巨大挑战，好在基拉 - 安妮 · 派力肯博士是一个应用实践型的作家。虽然本书中涉及一些心理学的概念，但基拉 - 安妮 · 派力肯的写作还是基于其创作、教学工作坊的经验，她试图为作家、编剧、故事创作者提供一本更接近操作攻略的使用手册。

正如作者在“本书使用指南”中所说：“阅读本书时，您可以自由选择自己喜欢的方式。如果想快速通览，可以先转到每一章结尾的总结部分，若有想要进一步了解的地方，可以再向前翻去仔细阅读；如果您已完成自己项目的初稿，只想从书中挑选某些特定的点，那么请转到与之相关的部分……”就我个人而言，我喜欢从本书的第八章开始读起，在这一章中，作者总结了书中提到的所有的方法和概念，并介绍了将其综合应用的流程。作为一名创作者、教学者，这一章在我看来就是一个系统性的方法。将这一章中所有的表格、图示放置在一起，就是一个编剧专属的笔记本，无论你是拉片解读人物，还是对自己的作品进行文学评估，都可以用这个“笔记本”进行精确的记录。

对于一些阅读时间少、需要快速掌握知识点的读者而言，本书中丰富的表格和图示所提供的信息也十分有价值——从“大五”人格（Big Five）表，到“人际关系环”，从五大人格的三十个性格面向到黑暗三角与光明三角、情感历程表、主次人物关系表，配合这些图表中所列的作品和影片清单，你也可以获得一份导览式的塑造人物指南。

虽然这是一本针对创作者的应用指南，但正如那位将编剧塑造人物的读心术应用在生活中的毕业生一样，我们对于虚拟人物内心世界的了解会给我们的现实生活与事业带来很重要的启示。毕竟，很多时候，自我的苦恼迷茫、与他者的冲突，都源于我们不了解自己、不了解他人，如果我们带着心理学的专业角度去创作、去欣赏、去阅读、去观看艺术作品中的人物，我们就能更理解自己与他人，从而获得一份人生的顿悟。

在此，也感谢编辑的推荐与邀请，翻译此书不仅使我学会了一些心理学的基础知识，也让我得以重温那些文学影视作品中的经典人物。

张净雨

2022.6.15

第一章　引言

我身后的书架上放着几十本书，有我最喜欢的小说、已结集出版的剧本、舞台剧剧本以及短篇小说集。每当翻开这些书，那些鲜活的角色就会伸出手来，邀请我进入他们的世界，与之一起旅行，到达新的地方，建立新的关系，邂逅新的事物。作为读者的我从日复一日的生活中跳出，接收不同的观点，体验本不可能拥有的人生。于是，即便阅读结束，把书放归书架，我的脑中仍在继续想象，沉浸在那动人心弦的情感之旅中。

我的另一个书架上则专门放着有关写作的书。有些书主张故事的中心是人物，应该通过赋予他们有趣的情感生活让这些角色复杂、丰富起来。而有些书持不同的观点，比如角色会因经历一些事而转变想法：他们会踏上追求外在目标的旅程，且归来时已实现先前未曾意识到的内在需求。作为一名作家、研究者、编剧顾问，在我多年的从业生涯中，我不断怀疑着这些观点的正确性：它们是否是文化传播或公式化发明的产物？又或者这些故事的叙事模式是否反映了真实的人性？如果是，那么有关人类心灵的科学研究是否最适合回答这些问题？再则，鉴于我们对如何使角色丰富、复杂、情感上可信仍不甚了解，是否可以从心理学上获取帮助，更清楚地认识这一过程呢？

我们缺乏详细的、程序性的知识，不知道如何写出让人印象深刻、可信、吸引力十足的角色来，或许，这一现象最好的解释是，创造出色的角色是一种天赋，少有人生而具备。然而，在大多情况下，事实并非如此。或者说，正如我将要在本书中所论述的那样，我们之所以很难去准确描述创造成功角色所需的条件，是因为我们还没有在正确的框架下思考角色。这也是为什么当谈论起角色时，我们往往感到词汇有限，只能用诸如“复杂”“丰富”“细腻”“迷人”“纤细”“平淡”“强烈”“卡通式”等词汇泛泛而谈。当然，这并不是说如果改善了框架结构，就能掌握正确的技艺，成为一个好的作家，而是说，这或许有助于我们加深对成功刻画人物所需因素的理解，并丰富我们在心理学上的词汇量。本书将尝试为作者们提供一个新的框架结构。

本书适用对象

本书适用于所有创造虚构人物，且有兴趣运用心理学观点来塑造更具吸引力角色的人，他们可以是编剧、剧作家和小说家，也可以是游戏策划和广播剧作者。对于工作内容涉及分析与开发虚构人物的导演、策划顾问、文学顾问、剧本编辑等，本书或许也能带来一些帮助。希望这本书可以满足各类人的各种需求，包括刚起步的作家、寻找可靠素材的大学生、欲开拓见解的专业人士。

这并不是说，我要写一本适合所有作家的书。很显然，一些作家具备模仿的天赋，懂得如何抓住人物特征，且许多作家倾向于凭直觉工作，认为分析方法过多反而影响创造力。然而，对于大多数作家而言，创造角色这个过程是一门“技术活”，需要多年的实践打磨。了解如何塑造可信、有趣、复杂角色的相关知识，对于这些人是非常有帮助的。如果你也是其中之一——或许你已经创造出了相当不错的角色，但因为忽略了某些无形的品质，无法使他们从众多角色中脱颖而出；或许在你最新的书稿上，写着“需要在角色塑造方面再多下一点功夫”的建议，你很想知道该如何应对；又或许，你对心理学感兴趣，正试图寻找角色塑造的新思路。无论你是其中哪一种，这本书都是为你而写的。

什么造就了成功的角色

在我们试图对此下定义并深入研究前，首先需要确定，就成功的角色方面，是否存在着共识。显然，从那些经常出现在评论家或公众投票推选名单上的角色可以看出，这个答案是肯定的。先从电影角色说起，在美国电影学院、《帝国杂志》、最佳电影数据库网、互联网热门新闻排行网中经常提到的优秀电影角色有：印第安纳·琼斯（出自《夺宝奇兵》系列电影）、艾伦·雷普莉（出自《异形》系列电影）、詹姆斯·邦德（出自“007系列”电影）、克拉丽斯·史达林（出自《沉默的羔羊》及《汉尼拔》），以及汉·索洛（出自《星球大战》系列电影）。在电视剧和网络流媒体方面，优秀角色有《黑道家族》系列中的东尼·沙普蓝诺、《伦敦生活》中的女主角 Fleabag[①]、《绝命毒师》中的“老白”沃尔特·怀特、《权力的游戏》中的“小恶魔”提利昂·兰尼斯特、《我们这一天》中的贝丝·皮尔森。

接下来是文学作品。提到成功塑造的角色，名单上总是会出现《傲慢与偏见》中的伊丽莎白·班纳特、《名利场》中的贝基·夏普、《了不起的盖茨比》中的盖茨比，以及《麦田守望者》中的霍尔顿·考尔菲尔德。在通俗小说方面，成功塑造的角色有《哈利·波特》系列中的赫敏·格兰杰、《饥饿游戏》中的凯特尼斯·埃弗丁，以及《马蒂尔达》中的马蒂尔达。

那么，这些人物的共同点是什么呢？最重要的一点是，他们是可信的。我们当然知道这些人物是文字创造的产物，然而，一旦我们进入他们所处的故事世界，我们还是会投入情感，为他们加油，甚至在故事结束后，仍好奇他们在这虚构世界中的生活。当我们谈起这些角色时，仿佛他们是超越了虚构世界、几近真实的存在。这当然不是说所有的虚构人物都是可信的。许多作家试图创造心理上可信的人物，但并没有成功。另一些作家，尤其是后现代派作家，则开始挑战可信的、一致的、具有可识别的独特“自我”的传统人

① 《伦敦生活》原名为“Fleabag”，女主外号也为“Fleabag”直译为“邋遢鬼”。——编者注

物形象。后现代小说中的人物可能有不固定的或多重的自我，他们并不是对真人的模仿，而是被刻画为无足轻重的人（ciphers），甚至是一种文字性的存在（word-beings）。不过，本书的重点还是书架上那些最受欢迎的人物，因为他们几乎总是可信的。

这些受欢迎的人物之所以可信，是因为我们能感知到他们身上现实人物的复杂性。这是什么意思呢？英国作家 E.M. 福斯特在回答这个问题时，先提出了圆形人物（round）与扁平人物（flat）的概念。根据其定义，圆形人物是复杂的、能够出人意料的，扁平的人物则可能只具有单一特质或思想。福斯特认为，这两种类型的人物在虚构小说中都有自己的位置。相比较而言，复杂性一般是更多现实主义小说体裁中主人公的必备特质，而扁平化的人物，在配角塑造中更有用，因为他们具有连贯性，通常不会转变，由此他们才不会分散读者对故事主线的注意力。

在第二章，我们将从心理学视角探讨人物角色的复杂性或圆形人物的含义。研究表明，人格各个方面的复杂性可以从五个维度被很好地概括，即所谓的“大五”人格（Big Five）。人格心理学家发现，这五大维度体现了性格的核心内容，描述了我是谁、行为模式为何、与他人如何互动，以及通常如何感受。“大五”人格模型描述了当第一次遇到某个人或新出场的角色时，我们表现出的那个“一致的自我”。既然这五大维度是完整描述人格所必需的要素，那么显然，在塑造圆形人物时，也应该在这五个方面都有所体现。

再说回那些名单上的成功角色，除了复杂性、可信、一致性外，他们还是令人难忘的。他们之所以能够停留在我们的脑海里，就是因为他们的行为方式与我们平时所遇到的普通人不同。在第二章，我们还将探讨如何运用人格的五大维度来塑造与普通人不同、令人难忘的角色，而其中一个重要的方面就是通过角色之间的对话来实现。所以在第三章，我们将从所选谈话主题、行文流利度与正式程度、用词选择等几个方面，研究人的个性如何影响说话方式。

除了具有吸引力的个性，令人难忘的角色往往还具有强烈的行为动机。他们有长期的欲望，可以推动故事发展、情节递进；他们也有短期的动机，驱动他们在一个又一个场景下的行为，并与具有相反动机的角色发生冲突。在第四章，我们会举出十五种普遍动机的例子，研究为什么有的动机会让角色较其他角色更引人入胜。

在第五章，我们还将探讨为何主人公在旅程的前半段往往会被地位、权力、个人自由等欲望所驱使，而后半段则会经历欲望的变化，渴望与他人有更多连接。我们将根据心理学的相关研究，证实主人公在动机上的变化是人一生中自然出现的发展变化；我们将探索这些变化产生的时间、原因、方式以及如何运用这些知识为角色创造出更有说服力的故事。

通常，那些令人难忘的角色在一开始就吸引了读者，并一路带领读者感受其情感之旅。在第六章，我们将讨论如何塑造出读者或观众在意、认同的角色。在研究普遍情感的同时，我们还将揭示为何有些角色能如此强烈地打动观众，并探索六大情感弧线以及主人公们如何据此展开旅程。

当然，角色在故事里很少是单独存在的，他们与其他角色的关系也往往是值得关注的。在第七章，我们将探讨如何基于人物的个性塑造他们与其他角色的互动方式，以及人们为达到目的使用的十二种方式；我们还会探讨反面角色是否真的具有吸引力，以及如何据此激发角色之间的化学反应。

最后，在第八章，我们会在角色工作坊将所有上述要素整合起来。在这一部分，你需要回答所有问题，从而帮助你创造出一个拥有五维人格、令人难忘、颇具吸引力的主人公，以及故事所需的其他足够复杂的角色。

这又是一本基于荣格原型论的书？

并非如此。从历史的角度来看，精神分析理论和分析心理学对当代心理学的众多理论意义重大，并对原型人物分析、叙事结构中的神话学研究以及流行的电影理论学派有所启发。但是，这些已经在其他书籍中得到了全面介绍。本书的焦点是当代心理学中的其他分支理论与研究，它们深度阐释了诸如心理普遍性、个体差异、动机、情感、人际关系，以及人一生中的改变和发展的方式等主题。在接下来的章节里，我将引用人格心理学、进化心理学、神经科学、叙事心理学、媒介心理学和发展心理学的理论与研究。它们的一些研究成果对故事创作者来说很受用，在深入探索前，要先对各理论及其主要关注点进行简单介绍。

· 人格心理学

作为本书使用的核心框架，人格心理学阐释了在不同情况下人的个性是如何影响其思想、感觉、行为、对话和动机的；它意在说明每个个体有何不同，以及是哪些心理因素造成了这些差异。在探讨角色塑造背后的心理机制时，我们将人格心理学放在了中心位置，如此，便有了一个有力的框架结构支撑，以帮助我们理解如何创造圆形角色，以及为何有些角色看起来扁平或平淡。

· 进化心理学

进化心理学认为，人类心理上刻有祖先为适应四五万年前的环境所遗传下来的印记，所以可以从进化论的角度研究人类的行为与心理特征。其理论通常认为，由于有许多适应性问题需要解决，因此，人类大脑进化成了一种集合体，包括模块化的、特殊的适应性，而非普遍的适应性。这种模块化理论解释了为什么在任何时候，我们都可能被互相矛盾的思想、情感和动机推动，这也是许多虚构小说的核心思想。

虽然进化心理学家认为，人的心理结构是在石器时代进化形成的，因此在许多方面并不能很好地适应当今世界，但大多数学者认为，我们的行为是普遍的心理适应性进化与文化、环境因素共同作用的结果。如此便可以理解，为何有些故事的结构、主题或角色心理特征对人的吸引力是具有普遍性的，而有些则具有局限性。进化心理学或许也可以解释，为什么角色身上的某些特征会更受人偏爱，为什么我们与虚构人物的关系能映射出我们在现实世界里的人际关系，以及为什么某些角色的行为动机较其他角色更引人注目。

· 神经科学

神经科学是研究大脑及神经系统结构和功能的一门学科，其研究涵盖了从单个神经元的工作方式，到感觉、运动或认知系统执行任务时全脑成像等各个方面。在创造具有吸引力的角色时，神经科学或许可以帮助我们了解人物行为对情感的各种影响，以及为何我们将普遍具有的乐观倾向投射在了故事里。

· 叙事心理学

叙事心理学家主要研究人们讲述的有关自己的有代表性的生活故事，以及这些故事与其身份认同之间的联系。从叙事心理学的角度可以了解那些构成我们生活的典型事件，以及我们如何看待这些事件对身份认同产生的影响。叙事心理学研究揭示了生活对我们的故事形成的影响程度，反过来，这些故事成为我们讲述出来的生活。

· 媒介心理学

媒介心理学主要关注人、媒介和技术之间的相互作用，它探讨了人与不同形式的媒介及其内容如何联系，以及这些媒介如何影响人的心理过程。媒介心理学试图回答：为什么我们会支持某些虚构的人物？我们与虚构的人物如何建立联系？以及角色的行为如何影响我们的思想和情感?

· 发展心理学

发展心理学主要研究在整个生命过程中，人如何改变以及为何会改变。它告诉我们在不同生命阶段，人们需要面对的主要问题，以及不断变化的动机。发展心理学可以帮助我们了解一件事：故事主人公的目标不断改变，是否反映了我们自己的生命历程中经常发生的动机变化。

本书使用指南

有的人读书时喜欢从头读到尾，而有的人则倾向于直接跳到自己感兴趣的章节。阅读本书时，您可以自由选择自己喜欢的方式。如果想快速通览，可以先转到每一章结尾的总结部分，若有想要进一步了解的地方，可以翻到前面仔细阅读；如果您已完成自己项目的初稿，只想从书中挑选某些特定的点，那么请转到与之相关的部分。无论您选择如何使用本书，我都希望它能加深您对心理学的认识，帮助您提高写作技艺，激发想象力。期待您的新角色!

第二章　人格维度

几个月前，一位编剧拿着她最新的稿子找到我。她认为，在努力构思近一年后，她差不多已经到达了那个点。和收到其他初稿一样，我很开心地阅读了起来。剧本的开头部分很不错，展开了一个有趣、生动、发现美的世界。然而主角登场后，我却提不起劲儿了。根据我所了解到的信息，故事的主人公是一个自大的贵族，为了成为好的领导者，他需要学习聆听，与他人合作。除此之外，我对他几乎一无所知。当主人公不彰显自我时，他是索然无味的。他没有真实人类那些复杂或有色彩的行为，而且人物角色也缺乏连贯性。虽然故事的核心设定很有趣，情节也很好，但显然，在主人公的塑造上还需要多加思考。否则，观众不会去关注到他的旅程。我和这位编剧说明了问题所在。她思考了一会儿说，她认为主人公有清晰的外在目标，和与之相反的需求，这需求又与其缺点有关，如果这样都不足以成为一个有吸引力、可信的角色，那又该如何去塑造人物呢？什么是完整、圆形的人格？这个问题让我的这位客户感到困惑——哪怕她创造出了一个成功的角色，又如何知晓这个角色成功在哪里呢？

20 世纪 50 年代后期，在美国弗吉尼亚州的阿灵顿县，军事心理学家雷蒙德·E. 克里斯托尔和欧内斯特·图普斯也为一个类似的问题纠结了许久。他们想知道，如何才能完整描述一个人的心理特征。在空军招募时，他们试图预测哪些新兵在（美国）军官候补学校的表现会更好，并希望以此来改善选拔过程。他们还推测，那些最有能力的未来军官可能具有某些心理共性。如果确实如此，又该从哪些方面着手定义这些共性呢？在进行了一系列实验后，两位心理学家发现，那些有潜力的飞行员，他们的人格特质一致落在了五个类别上，这些独立的类别分别体现了人格的不同维度。他们把这些维度命名为外向性（surgency）、亲和性（agreeableness）、可靠性（dependableness）、情绪稳定性（emotional stability）和教化（culture）。“外向性”被定义为健谈、直率、爱冒险、善交际、有活力、开朗等，代表人物如漫威电影宇宙中的托尼·史塔克；“亲和性”被描述为和善、情感上成熟、温和、很好合作、信任他人、适应能力强、仁慈等，比如 1977 年的电影《安妮·霍尔》中的同名人物安妮·霍尔；“可靠性”包括负责任、认真、守秩序、坚韧不拔等一组心理特质，《霍比特人》中的比尔博·巴金斯就很好地表现了这些特质；“情绪稳定性”是评价一个人的性格是否偏于冷静、平和，几乎所有动作片中的英雄人物都很好地展现了这一品质；最后是“教化”，意在评价一个人的受教育程度、独立思考能力、想象力、对美学的兴趣等，电影《钢琴课》中的艾达·麦格拉斯就是这一类型。

这一人格模型，也就是后来的“大五”人格，得到了大量跨文化研究者的认可，也因此，其中一个版本直至今日依然是社会与人格心理学研究的标准模型。在当代人格模型中，在英文中，“外向性（surgency）”被改名为extroversion[①]，也拼写为extraversion，“可靠性（dependableness）”被改为“尽责性（conscientiousness）”，而“教化（culture）”则被更名为“经验开放性（openness to experience）”。这意味着，若要创造出完整的圆形人物，了解其思考、感受与行为模式，就不能只考虑一两个维度，而要考虑所有五个维度。正如英国作家E.M.福斯特所言，并不是说所有角色都必须是复杂、完整、圆形的，但主角恐怕必须如此，这样才会让角色看起来栩栩如生、真实可信。如此，基于人格的五因素模型，作家们便可以基本了解一个圆形角色应具备的特质，以及如何下笔。

大多数作家并不止步于塑造圆形、可信的角色，他们还想要这些角色给人印象深刻。那么，为什么有的角色较其他更有记忆点？这与“大五”人格又是如何联系的呢？通常，这五大维度在一个人身上都有所体现，绝大多数人都是比较外向、比较亲和、比较尽责、神经质方面得分适中、开放性得分适中的。换言之，在这五个维度的量表上，他们的得分或多或少都是中等的。由于我们每天遇到的人都是如此，他们很少会让人印象深刻。相比之下，那些在一两个维度上得分极高的人，很容易从人群中脱颖而出。之所以令人难忘，恰恰是因为他们并不是我们生活中每天遇到的那类人，因为他们与

① 意为“外向型”。——编者注

众不同，毕竟，人们总是容易被那些不一样的东西所吸引。但是，我们对这些得分“极端”的人的行为模式不甚了解。所以，若要创造出一个印象深刻的角色，不妨在人格中的几个维度上让其表现得更突出一些，这些会成为角色的主要特征，也是我们第一眼看到角色时最先注意到的特征。

了解完“大五”人格是一个宽泛、基础性的角色塑造方法后，下一步就是构建人物的细微差异和复杂性。心理学家哥斯达和麦克雷发现，性格外向者并非完全一样，比如有的人表现得热情、善交际，有的人则是十分活跃、坚定自信。因此，他们建议将这五大维度的属性进一步细化，称为“层面”。根据其实验结果，五大维度各自包含六个人格层面。在接下来的部分中，我们将共同了解这些层面，以及如何使用它们来塑造迷人、复杂的角色。由于外向性是较容易识别的维度，也是第一次看到角色时就能观察到的维度，接下来我们将从外向性开始进行介绍。

外向性

性格外向者通常热情、善交际、健谈、充满活力与积极情感，美剧《了不起的麦瑟尔夫人》的主角——一个脱口秀演员——就是典型的外向性人物。性格外向者总是充满活力，将能量散发到世界各处，并因社交互动而活力满满。他们往往有着超凡的魅力，这一外向的性格也让主角颇具吸引力。他们用那响亮而自信的嗓音、夸张而自由的肢体语言抓住我们的注意力，迫使我们与之互动。他们直接向外散发能量，这种方式常有助于推动故事情节的发展。以下摘自《了不起的麦瑟尔夫人》试播集的开头部分，主角米琪正在完全地展现自己，吸引着观众的注意力：

在一个大的房间里，人们坐在席位上，窸窸窣窣。此时，传出叉子与瓷器碰撞的叮当声。

米琪

（画外音）

谁会在自己的婚礼上致祝酒词？

淡入：

1. 内景 宴会厅 日 1954 年的某一天

开场先出现米里亚姆·麦瑟尔（小名米琪）灿烂的笑容，她27岁，是个很可爱的女生，眼神里闪现着满足感。她戴着一层薄纱，面容满是欢喜雀跃，颇有勇气的样子。此时的她，还完全不知道接下来会发生不好的事。毕竟，今天的她是成功的，今天是她的婚礼。

米琪

我的意思是，谁会这样做？谁会在胃里空空，灌了三杯香槟后，站在宴会厅的正中央，我的意思是，真的完全没有吃任何东西，为了要穿上这件礼服，整整三个星期没有吃固体食物了。谁会这样做？我就会！

但是，并非所有性格外向者都一样，为了更好地理解他们之间的细微差别，首先需要了解这一维度的六个层面，分别是热情（warmth）、合群（gregariousness）、魄力（assertiveness）、活力（activity）、寻求刺激（excitement-seeking）、积极情感（positive emotions），如表 2.1 所示。

表 2.1　外向性的六个层面

热情	合群	魄力	活力	寻求刺激	积极情感

“热情”是指看到他人可爱的一面，并愿意与人互动；

“合群”指喜欢与人共处、社交；

“魄力”则是一组包括支配力、强势在内的品质；

“活力”描述了人们行为散发的能量大小；

“寻求刺激”的人渴望刺激，喜欢参与到此类活动中；

“积极情感”（喜悦、自豪、充满希望、有爱心）的人往往开朗、活泼。

角色的复杂性与有趣性源自其任一人格维度被设定时，各细化层面有强有弱。举个例子，若比较两个虚构的间谍人物，比如“007 系列”中的詹姆斯·邦德和其戏仿喜剧《王牌大贱谍》中的奥斯汀·鲍尔斯，我们会发现，在外向性的某些层面上，他们得分都很高，但显然，其个性截然不同。比较而言，奥斯汀·鲍尔斯热情、合群、决断力适中、活力旺盛、追求刺激，一般多表现积极情感，这些都完美表现出了一个夸张喜剧人的特质；詹姆斯·邦德也活力旺盛、果断、追求刺激，但他并不那么合群，喜欢独来独往，情感冷漠，对人际交往没有太大热情。邦德这种在热情、积极情感、社交方面表现不活跃，而在果断、行动力、喜欢寻求刺激方面表现突出的角色，恰恰符合惊险小说的要求。在激烈的动作片和冒险故事里，往往需要邦德这样的主人公来推动故事情节的发展，这类人有着明确的目标，精力旺盛，坚定，为达目的不择手段。

小说中性格外向者随处可见，其中有些角色让人记忆深刻，比如《名利场》中愤世嫉俗且趋炎附势的贝基·夏普、《长袜子皮皮》中的皮皮、《夺宝奇兵》中的印第安纳·琼斯、《弗尔蒂旅馆》中的巴兹尔·弗尔蒂、《老友记》中的乔伊、《永不妥协》中的埃琳·布罗克维奇、《冰雪奇缘》中的安娜公主、漫威电影宇宙中的钢铁侠托尼·史塔克，以及《风骚律师》中的索尔。

性格内向的人则以完全不同的方式吸引着读者和观众。没有活力四射以引人注目，没有诙谐语言以逗人发笑，与其说去抓住读者的注意力，他们更多的是邀请读者试着更好地了解他们。内向者的能量是向内的，需要时间独处以充电，他们往往沉默寡言、孤独、严肃、慢条斯理，这有时会给他们增加一份神秘感。由于内向者沉默寡言，不喜透露心声，在刻画此类人物的个性时，需要依赖对其行为的描述、对其内心想法与意图的描述和其他角色对其的看法。除了外观、手势和旁白，在描述电影人物的内心想法时，行为举止与回应方式同等重要。以下片段摘自瑞典畅销惊悚小说《龙文身的女孩》，通过莉丝·莎兰德老板的描述，我们可以了解到这位主角内向、神秘的个性：

> 她从不谈论自己的事，同事们尝试与之交谈，很少会得到回应，很快便也放弃了。她的态度让人难以去信任或与之成为朋友。她很快成为一个局外人，像只流浪猫一样，游荡在米尔顿的走廊上。她基本上没救了。

拉森所著的“千禧年三部曲”的核心就在于萨兰德这个角色的魅力。虽然她对人冷淡（社交能力差）、天生唯唯诺诺（不够果断自信）、喜欢独来独往（不合群）、情感冷淡（少有积极情感），但她也较活泼，喜欢寻求刺激，这些多是外向性的典型表现。萨兰德在承受极大压力时，会变得非常果断，这为人物增加了一些复杂性。那么，如何让这种与平素相反的行为倾向（或角色个性偏差）看起来更可信呢?

第一，增加颇具创伤性的故事背景，让一切看起来更合理。为了生存，萨兰德必须学会战斗。

第二，虽然人们的行为方式通常与其核心个性是一致的，但当为了把局面扭转为对自己有利时，他们偶尔也会做出与平素相反的举动来。因此，当萨兰德面对威胁时，她会认为果断、激进的行为方式对自己是有利的，这是可信的。

第三，萨兰德在极端压力下表现出的果断，其实也是连贯的，这并不是一个突然出现、很快被遗忘的个性特征，相反，它被认为是人的本性中必不可少的矛盾部分，也正因此，这样的特质才令人着迷。

还有其他经典的表现出内向性的角色，比如《傲慢与偏见》中的达西先生、《卡萨布兰卡》中的里克·布莱恩、《正午》中的威尔·凯恩、《异形》中的艾伦·雷普莉、《天使爱美丽》中的艾米莉、《暮光之城》系列小说及改编电影的主人公伊莎贝拉·斯旺、《蝙蝠侠》漫画和同名系列电影中的布鲁斯·韦恩，以及电影《月光男孩》中的希隆。

你的角色在外向性方面表现如何？

以下问题旨在研究角色在外向性六个层面上的强弱表现。针对每个问题，请回答“是的，非常同意”“是的，基本同意”“不确定”“不是，基本不同意”或“不是，非常不同意”。

热　情

- 你的角色是否通常对他人都很热情？是否很容易交到新朋友？
- 又或者，你的角色是否更拘谨、沉默寡言或对他人冷淡？

合　群

- 你的角色是否喜欢社交？是否认为人越多越热闹？
- 又或者，你的角色是否更倾向于独来独往？

魄　力

- 你的角色是否通常很自信、果断？

· 又或者，你的角色是否经常觉得不如别人？

活　力

· 你的角色是否充满活力？

· 又或者，你的角色是否是压抑的、低能量的？

寻求刺激

· 你的角色是否渴求刺激？

· 又或者，你的角色是否更喜欢平静的生活？

积极情感

· 你的角色是否经常活力四射、幽默诙谐？

· 又或者，你的角色是否比较严肃？

请根据上述问题，对你的角色在外向性各层面的表现打分。他们在各层面的得分是高是低？如果在每个层面都得分适中，能否将角色某个层面的特点弱化或加强，以便让他们更容易被记住？他们在这些层面的表现与你的故事线、故事体裁、主题、叙事语调是否相符？

外向 / 内向特质塑造

外向性可以从许多方面进行塑造，比如角色如何表现情感、如何与他人互动、如何活动、外貌如何、如何说话，甚至他们喜欢的活动类型等（见表 2.2）。在下一章，我们将详细介绍角色个性如何影响对话方式。

表 2.2　与外向 / 内向特质相关的情感、行为模式

	外向	内向
情感	积极	中立
动作	动作幅度大而自由	动作保守、防御性
外观	经常微笑	比较严肃
	穿着整洁、时尚	穿着比较随意
交流	与任何人交流	倾向于与亲密的朋友、家人交流
	注意眼神交流	缺乏眼神交流
	幽默诙谐，爱开玩笑	比较严肃
	强势、主导	顺从
对话	健谈、自信	寡言、缺乏自信
喜好	派对、社交	独处或与亲密的家人、朋友一起
	欢快的音乐	

亲和性

电影《绿野仙踪》中有一个场景：桃乐丝努力让她的姨妈艾姆了解，古尔奇小姐对她心爱的狗托托都做了什么，尽管她非常希望得到姨妈的支持，但对她而言，更重要的是不惹姨妈心烦。所以，当姨妈告诉她不要再担心，去找一个不会惹上麻烦的地方待着时，她答应了，也很快在奥兹国（Oz）找到了一个这样的地方。像桃乐丝这样亲和性表现较好的角色，重视与他人的和睦相处，胜过坚持自己的主张。他们往往有强烈的父性或母性本能、善解人意、无私，也很容易相信、顺从别人。当察觉到别人的感受时，他们会尽力让对方放松下来，所以广受人们的喜爱。具有这些特征的角色通常富

有同情心，读者也易于认同。其他记忆深刻、亲和性表现较好的角色包括《灰姑娘》《白雪公主》《安妮·霍尔》和《阿甘正传》中的同名人物，以及《四十岁的老处男》中的安迪、《权力的游戏》中的山姆威尔·塔利。

若再深入探讨，亲和性同样有六个层面，分别是信任（trust）、坦率（straightforwardness）、利他（altruism）、顺从（compliance）、谦虚（modesty）和同理心（tender-mindedness），见表 2.3。

“信任”指相信大多数人都是善意的；

“坦率”的人倾向于讲真话，几乎从不操纵他人；

“利他”指义无反顾去帮助他人；

“顺从”指积极配合他人；

“谦虚”指评价自我能力或成就时的谦虚态度；

“同理心”指倾向于被情感而非逻辑主导。

表 2.3　亲和性的六个层面

信任	坦率	利他	顺从	谦虚	同理心

通常，富有同情心和讨人喜欢的角色都更亲和，而那些性格强势的角色较让人讨厌。与他人的意见相比，他们更注重自己的意见，也很少去在意自己可能给别人的感受。这类角色也可能是不信任人、不诚实、自私的，他们求胜心切，又自大傲慢。这些特质在塑造反派角色时很有用，稍后在与暗黑人格（Dark Triad of personality）的关系部分，我们将继续探讨。在这里，首先看一个例子，在《呼

啸山庄》开篇，亲和性差的希思克利夫在开头讲了几句话：

> “先生，画眉田庄是我自己的。”他眉头紧蹙，打断了我的话，“只要我能阻止，就绝不会允许任何人给我带来不便。进来吧！”
>
> 讲“进来吧”这句话时，他咬着牙，分明是在表达“见鬼去吧”，但即使他倚着的那扇门也没有对他的话表示支持，而是一动不动。我在想，就是当时这种情况，才让我决定要接受邀请，毕竟这个男人似乎比我还要冷漠得多，这让我颇感兴趣。

亲和性差的角色也可能成为有吸引力的主角，因为他们很迷人。他们会讲社会规则之外的话，他们的诚实常让人耳目一新。我们很可能会兴奋地期待着他们直率生硬的言行举止给自己惹来麻烦。但是，这类角色有时也很值得同情。其中有些之所以能赢得读者的同情，是因为他们柔软的心。比如《飞屋环游记》的男主角卡尔，他倔强、脾气差、不相信他人。但在了解到他那令人同情的经历后，他赢得了观众的心，因为他所表现出的正是对已故妻子深沉的爱。

其他尤为印象深刻、亲和性差的角色还包括：《马蒂尔达》中的特鲁奇布尔小姐、《老爷车》中的沃尔特·科瓦尔斯基、“神偷奶爸”系列电影中的格鲁、《权力的游戏》中的瑟曦·兰尼斯特、《唐顿庄园》中的维奥莱特·克劳利、《鸟人》中的里根·汤姆森、《伦敦生活》中的女主角 Fleabag，以及《继承之战》中的洛根·罗伊。

你的角色在亲和性方面表现如何?

以下问题旨在研究角色在亲和性六个层面上的强弱表现。针对每个问题,请回答“是的,非常同意”“是的,基本同意”“不确定”“不是,基本不同意”或“不是,非常不同意”。

信　任

- 你的角色是否相信人性本善?
- 又或者,你的角色是否对陌生人充满怀疑?

坦　率

- 你的角色是否坦率、总是很真诚?
- 又或者,你的角色是否会为达目的,使用奉承、操纵、欺骗等手段?

利　他

- 你的角色是否会不遗余力地帮助他人?
- 又或者,你的角色是否以自我为中心?

顺　从

- 你的角色是否倾向于服从别人?
- 又或者,他们是否更乐见竞争,而非合作?

谦　虚

- 你的角色是否谦逊、不爱出风头?
- 又或者,你的角色是否在他人看来是傲慢的?

同理心

· 你的角色是否容易因他人的需求而动摇？

· 又或者，你的角色是否对他人缺少同情心？

请根据上述问题，对角色亲和性各层面的表现打分。如果在每个层面都得分适中，能否将角色某个层面的特点弱化或加强，以便让他们更容易被记住？这些层面的表现与你的故事线、故事体裁、主题、叙事语调是否相符？

角色亲和 / 不亲和特质塑造

表 2.4 对与亲和与不亲和特质相关的情感、行为模式进行了归纳总结，如下所示。

表 2.4　与亲和 / 不亲和特质相关的情感、行为模式

	亲和	不亲和
情感	富有同情心，回应他人的感受	不关心他人的情感
动作	手势动作自由、开放	动作闭合、有防御性
	可能喜欢碰触他人	保守、矜持
	模仿他人的肢体语言	不模仿他人的肢体语言
外观	微笑、放松	不自在
交流	很好合作	不好合作
	花时间与朋友相处	自私利己、独来独往
	顺从	主导
对话	合作	独断

神经质

21 世纪早期的电影中，有一个至今都让人印象深刻的情绪不稳定的角色，他就是黑色喜剧《鸟人》的主角里根 · 汤姆森，这部影片曾获多项奥斯卡奖。作为一个神经质表现突出的代表人物，里根一直在质疑自己的存在，忧虑别人如何看他，经常生气、嫉妒、愧疚、自责。里根在舞台剧演出高潮时说道："我什么都不是，我甚至也不在这儿。"后来他又补充说，"我甚至没有出现在自己生命里，现在我没拥有它，以后也永远不会。"

表 2.5　神经质的六个层面

焦虑	愤怒与敌意	抑郁	自我意识	冲动	脆弱

里根 · 汤姆森在神经质的六个层面（表 2.5）上得分都很高。其强烈的"焦虑感（anxiety）"经常以折磨自己的另一个自我——鸟人的形象浮出水面，伴随焦虑而产生的精神紧张感，一直推动着故事情节的发展，奠定了影片的基调，甚至构成了电影配乐中的音乐动机；里根"愤怒与敌意"的表现也很突出，他脾气急躁，容易发怒；但他又经常沉浸在低落的情感里，这是"抑郁"的一种表现；在"自我意识"方面，里根十分在意别人对他的看法，尤其是评论家和观众；他又很"冲动"，总是未经深思熟虑就行动；最后，里根很"脆弱"，他感觉自己无法应付生活上的挑战。难以取悦、自私固执、容易生气、不讨喜，里根这个主角与其说令人同情，不如说是非常有趣。这是一个让我们想要去了解和学习的角色，我们想

知道他下一步会做什么，最终结局又是怎样。

其他在神经质方面得分较高、令人印象深刻的角色有：《爱丽丝漫游奇境》中的白兔、《安娜·卡列尼娜》中的安娜·卡列尼娜、《欲望号街车》中的布兰奇·杜波依斯、《蝙蝠侠》漫画和同名系列电影中的布鲁斯·韦恩、《日落大道》中的格洛丽亚·斯旺森、《安妮·霍尔》中的艾尔维·辛格、《校园秘史》中的理查德、《冰雪奇缘》（2013 年）中的艾莎公主、《继承之战》中的肯德尔·罗伊，以及《小丑》中的小丑。

对于神经质表现突出的角色而言，普通情境也可能被视为威胁，所以，即使在远非戏剧性情境下，他们也很容易采取行动，这一点与情绪稳定的角色需要有大的事件来刺激不同。对里根·汤姆森来说，他的行动“催化剂”是其中一位主演被舞台坠落的灯所伤，由此触碰到他的底线——对作品完整性的严格要求，让他进入危险边缘，引发了脑海里的一系列事件。相比之下，只有当发生生死攸关的大事时，情绪稳定的角色或冒险片的英雄们才会采取行动。举例而言，在《007：大破天幕杀机》中，詹姆斯·邦德并不准备结束退休生活，直至军情六处大楼发生了爆炸，几个雇员遇害，他才重归前线。情绪稳定的角色往往比较冷静，很少出现对压力的应激反应。他们情感平和，不太容易被异常或潜在的危险情境所困扰。邦德就是一个非常冷静的人，一个典型的动作片英雄。无论是直面枪林弹雨、驾车一跃而起离开码头，还是不带降落伞从空中跳下，邦德都很少会受到惊吓。实际上，也正是因为拥有这一特质，大多数动作片的英雄角色才能很好地应对压力和危机，才能不断去追求自己的目标，一次又一次绝处逢生。

与情绪稳定有关的是，动作与冒险片的英雄人物在成功实现目标这一点上，往往是自信、乐观的。他们对未来乐观的态度使其能够面对一个又一个挑战。他们不会将旅途中的障碍视为威胁，反之认为是自己有能力战胜的日常挑战。无论对其他角色，还是读者，情绪稳定都是一个颇具魅力的品质。我们喜欢与冷静的人在一起，因为他们情感平和，又有能力，可以帮助我们平复焦虑情绪，应对挑战。或许也正因如此，动作与冒险类型的电影才会票房大卖。

比较有名的情绪稳定的角色还有：《杀死一只知更鸟》中的阿提克斯·芬奇、《血字的研究》中的夏洛克·福尔摩斯、《碟中谍》系列电影中的伊森·汉特、《饥饿游戏》小说三部曲及系列电影中的凯特尼斯·埃弗丁、《绝命毒师》中的沃尔特·怀特，以及《皇冠》中的英国女王伊丽莎白二世。

你的角色在神经质方面表现如何？

以下问题旨在研究角色在神经质六个层面上的强弱表现。针对每个问题，请回答“是的，非常同意”“是的，基本同意”“不确定”“不是，基本不同意”或“不是，非常不同意”。

焦　虑

· 你的角色是否经常担忧？

· 又或者，你的角色是否很少焦虑或害怕？

愤怒与敌意

· 你的角色是否经常因为别人对待自己的方式而生气？

· 又或者，你的角色是否是亲和、不轻易动怒的？

抑　郁

· 你的角色是否经常感觉孤独或忧郁？以及他们是否容易产生愧疚感？

· 又或者，你的角色是否很少出现上述情感？

自我意识

· 你的角色是否在他人旁边感觉不自在？

· 又或者，你的角色是否在尴尬的社交场合也能轻松自在？

冲　动

· 你的角色是否容易冲动行事？

· 又或者，你的角色是否善于控制冲动？

脆　弱

· 当面对许多压力时，你的角色是否有时会感到崩溃？

· 又或者，你的角色是否有能力处理各种困境？

请根据上述问题，对角色神经质各层面的表现打分。如果在每个层面都得分适中，能否将角色某个层面的特点弱化或加强，以便让他们更容易被记住？这些层面的表现与你的故事线、故事体裁、主题、叙事语调是否相符？

神经质 / 情绪稳定特质的塑造

表 2.6 对神经质 / 情绪稳定特质的主要区别点进行了归纳总结，如下所示。

表 2.6　与神经质 / 情绪稳定特质相关的情感、行为模式

	神经质	情绪稳定
情感	容易抑郁、生气或焦虑	情感平和
	情感波动	情绪稳定
动作	有时坐立不安	冷静
外观	不自在	放松
交流	敏感、情绪化	不敏感
	爱争论	不容易心烦
		让他人放松下来
对话	更情绪化	冷静、不情绪化

尽责性

认真严谨的人会努力完成目标，所以这是许多主角必备的一个人格品质。无论是发现谜团的侦探、拯救世界的动作片女英雄，还是努力找寻家人的小男孩，想让他们的故事顺利展开，就需要有实现目标的本能。以美国独立电影《爆裂鼓手》的主角安德鲁 · 尼曼为例，他梦想加入“Studio 乐队”，成为享誉国际的鼓手。从《爆裂鼓手》剧本定稿的片段可以看出，在角色介绍部分，就已经隐隐透露出尼曼的雄心壮志。他全神贯注地击鼓，手臂经多年练习锻炼出了肌肉，此时的他正在排练室：

---

1 内景 拿索乐队排练厅 格林大厅 晚上

空荡的房间，四周是隔音墙，房子中间放着一套架子鼓。有一个人正坐在那儿，穿着早已被汗水打湿的白色 T 恤，他的眼睛里只有单击滚奏。这个人就是安德鲁·尼曼。

他 19 岁，是个优等生，身材纤细瘦弱，只有手臂经多年击鼓已经锻炼出了肌肉。

曾经的高中化学老师转身成为制毒商，这位出自《绝命毒师》的沃尔特·怀特是另一个让人印象深刻的角色，他在尽责性六个层面（表 2.7）上得分都很高，不过很遗憾他走上了犯罪道路。

表 2.7　尽责性的六个层面

能力	条理性	责任感	追求成功	自律	谨慎

首先，他有一项出众的“能力”。作为化学工作者，他有能力制造出市场上最纯的冰毒。

其次，他在“条理性”方面得分也很高。这一点从他管理生意与实验室时出色的组织能力、制毒的精准度就看得出来。

第三，沃尔特很有“责任感”。正是供养家人的责任感，迫使他进入了毒品行业。

第四，沃尔特在“追求成功”方面表现突出。为了实现目标，他努力工作，很快到达了毒品生意的顶峰。

第五，沃尔特非常“自律”。他建立了自己的制毒实验室，亲自参与到毒品生意运营的各个环节。

第六，沃尔特在“谨慎”方面表现也很突出。这一点意在描述一个人会在深思熟虑后再下决定的特质。

其他让人印象深刻的尽责的角色有：《麦克白》及《蝙蝠侠》中的同名人物、《哈利·波特》中的赫敏·格兰杰、《伯德小姐》中的海伦、《纸牌屋》中的克莱儿·安德伍德和道格·斯坦普、《爆裂鼓手》中的迈尔斯·特勒、《皇冠》中的英国女王伊丽莎白二世，以及迷你剧《切尔诺贝利》中的瓦列里·列加索夫和乌尔纳·霍缪克特。

随着年龄的增长，我们通常会变得越来越尽责，这一点我将在第五章中进行详细论述。在尽责性增长的过程中，20 岁左右是一个大的爆发点，因为此时大多数人开始学着工作，在维持人际关系上也做得更好。

在虚构故事中，呈现成年早期尽责性方面的成长时，多表现为角色的逐渐成熟，学习如何更好地维持人际关系。美国喜剧电影《泰迪熊》中的主角约翰·班尼特，年过 20 却依然和青少年时期一样，享受着与会说话的玩具熊之间的关系。相比他那事业心强又能干的女友，要维护亲密关系，班尼特显然急需成熟。在电影结尾，班尼特真的成熟了，他变得自律、有条理，也学着全身心投入与女友的关系中。虽然是喜剧，但他的转变是可信的，因为大多数人在自己生命里这个节点都会经历尽责性增长的自然过程。以下摘自该电影的开头部分，这时的约翰还处在成年早期，正坐在他的玩具熊旁边：

当我们加入他们时，可以看到，泰迪熊和坐在旁边的约翰显然是迷糊了。约翰穿着破旧的红袜队T恤，看起来十分舒服。他拿着一盒水果麦片，手伸进盒里，发现麦片差不多吃光了。于是，他把麦片盒举起来，把盒子里剩下的部分倒入嘴巴里，却不小心洒了一脸。他并不在意，只是将脸上的麦片清理了一下。很显然，这个男人还没有脱离孩童时代……当然，也没有忘记他的玩具熊。

其他尽责性较差的角色有：《奥勃洛莫夫》中的奥勃洛莫夫、《雨》中的汤姆森小姐、《笨蛋联盟》中的伊格内修斯·赖利、《辛普森一家》中的霍默·辛普森、《摇滚校园》中的杜威·芬恩、《僵尸肖恩》中的肖恩、《珍爱》中的莫尼克，以及《硅谷》中的埃利希·巴赫曼。

你的角色在尽责性方面表现如何？

以下问题旨在研究角色在尽责性六个层面上的强弱表现。针对每个问题，请回答“是的，非常同意”“是的，基本同意”“不确定”“不是，基本不同意”或“不是，非常不同意”。

能　力

· 你的角色是否做好了生活的准备？

· 又或者，你的角色是否认为自己还未准备好或能力不足？

条理性

· 你的角色是否有一系列清晰的目标，并为之有条理地一步步努力着？

· 又或者，你的角色是否觉得很难做到井井有条？

责任感

· 你的角色是否可靠、值得信赖？

· 又或者，你的角色是否不可靠，在别人眼里责任感较差？

追求成功

· 你的角色是否有远大的志向，并为之努力？

· 又或者，你的角色是否很懒惰，或者无意追求个人的成功？

自　律

· 你的角色是否努力完成交付的所有任务？

· 又或者，你的角色是否容易拖延、被分心、垂头丧气而最终放弃？

谨　慎

· 你的角色是否会深思熟虑后再行动？

· 又或者，你的角色是否更倾向于无意识的行动或在说话、行动前不考虑后果？

请根据上述问题，对你的角色尽责性各层面的表现打分。再强调一下，请认真思考你是否可以通过改变角色在六个层面的表现，让他们更复杂、更令人记忆深刻或更有吸引力。

尽责 / 不尽责特质的塑造

表 2.8 对人物尽责性得分高或低的不同表现进行了归纳总结，如下所示。

表 2.8　与尽责 / 不尽责特质相关的情感、行为模式

	尽责	不尽责
情感	更积极	偏于中立
外貌	可能衣着得体	
交流	注重眼神交流	缺乏眼神交流
	交谈时回应多	回应少、健忘
	喜欢做活动、喜欢当志愿者	不喜欢做活动、不喜欢当志愿者
对话	乐观、礼貌	社交时随心所欲
喜好	工作	去餐馆、酒吧、咖啡馆，看电视
	欢快、传统的音乐	社交饮酒、聚会

经验开放性

在乔治·马丁撰写的《冰与火之歌》的所有角色里，聪明调皮的侏儒提利昂·兰尼斯特是他的最爱。“他是最具灰色特质的人物。按传统意义来说，他站在了错误的一边，虽然他做的事有些让人讨厌，但是，他也有一些特质你不得不认同。他聪明机智、诙谐幽默，让这个角色写起来很有趣。”马丁说道。除了十分外向、尽责、情感上有些不稳定、大多时候比较亲和外，开放性也是提利昂性格中重要的一部分。如提利昂一样在这一维度得分较高的人往往对这个世界充满好奇。他们能很快吸收新思想，对艺术和科学感兴趣，思想上比较前卫，经常挑战主流思想。在他们看来，这个世界是有趣、

复杂的，有许多可以学习和探索的地方。提利昂看待世界不是非黑即白，还有灰色地带，这让他可以更灵活地看待生活。得益于这一灵活性，他才能很好地适应剧变的环境，战略性地思考问题，在众多可能性中找到自己的路。和其他开放性高的人一样，对世界的好奇促使提利昂产生对旅行的热爱、对不同人与文化的好奇，以及对肉欲、食物尤其是饮品的热爱。此类人一般也很有创造力，可以觉察到自己的情感，很容易被艺术或诗歌打动，这一敏感性让他们的情感生活更丰富、复杂。他们也能容忍情感生活中模糊、暧昧的存在。

表 2.9　开放性的六个层面

想象力	美学体验	情感体验	行为体验	思想体验	价值观

在这一维度的六个层面上（见表 2.9），提利昂有四项得分较高，分别是情感体验、行为体验、思想体验、价值观。在情感体验上，他喜欢结交新朋友，建立新的关系；在行为体验上，他愿意获取新的经验，去新的地方旅行，也愿意尝试新的方式去做事；在思想体验方面，他喜欢解决问题，具有哲学思辨能力和求知欲；在价值观方面，他心胸开阔，对其他人的生活方式感到好奇。《冰与火之歌》的故事线并不注重美学体验方面的内容，所以很难去评价提利昂在这一层面的表现。但我猜测，他在美学上应该得分适中。在想象力层面，提利昂的得分比较低。与沉迷在白日梦、丰富的想象世界相比，提利昂这个角色是理性的，更倾向于沉浸在当下、现实世界的各种可能性里。

其他在开放性上表现异常突出、比较有名的角色有：《爱丽丝漫游奇境》中的爱丽丝、《哈克贝利·费恩历险记》中的哈克贝利·费恩、《血字的研究》中的夏洛克·福尔摩斯、《长袜子皮皮》中的皮皮、《查理和巧克力工厂》中的威利·旺卡、《绝命毒师》中的沃尔特·怀特，以及《纸牌屋》中的弗兰克和克莱儿·安德伍德。

相比之下，那些封闭、拒绝尝试的人通常是脚踏实地的传统主义者。比如《霍比特人》中的比尔博·巴金斯，他给人的吸引力主要来自他的纯朴、简单，让人感觉十分舒服。他在夏尔这片土地上生活得很开心，他喜欢家带给人的熟悉感，完全没有要离开的想法。所以当甘道夫建议他踏上冒险之旅时，比尔博回答说："不好意思，我不想参加任何冒险活动，谢谢你了。今天不行。早上好！"直到索林及矮人队伍雇用比尔博做飞贼，帮助他们夺回孤山的家，比尔博的生活才发生了翻天覆地的变化。比尔博是被推上英雄之位的英雄。如小说所言，如果不是这些意外事件唤醒了他母亲遗传给他的冒险基因，比尔博将在夏尔度过他安宁的后半生。对许多人而言，比尔博就像是自己的一部分，享受着每天简单、安逸的家庭生活。

其他著名的、拒绝开放体验、传统封闭的角色有：《双城记》中的普洛斯小姐、《爱丽丝漫游奇境》中的艾姆姨妈、《西北偏北》中的罗杰·桑希尔、《冰雪奇缘》（2013年）中的艾莎公主、《冰与火之歌》中的玛格丽·提利尔，以及《唐顿庄园》中的维奥莱特·克劳利。

你的角色在开放性方面表现如何？

以下问题旨在研究角色在开放性六个层面上的强弱表现。针对每个问题，请回答“是的，非常同意”“是的，基本同意”“不确定”“不是，基本不同意”或“不是，非常不同意”。

想象力

· 你的角色是否想象力丰富，喜欢做白日梦？

· 又或者，你的角色是否是坚定的现实主义者，并且认为做白日梦是浪费时间？

美学体验

· 你的角色是否容易被艺术、音乐和诗歌打动？

· 又或者，你的角色是否对艺术无动于衷、无心参与？

情感体验

· 你的角色是否十分重视情感体验？

· 又或者，你的角色是否情感迟钝，不太重视感情？

行为体验

· 你的角色是否喜欢旅行，尝试新的活动或经历？

· 又或者，你的角色是否偏爱常规事物的熟悉感？

思想体验

· 你的角色思想是否开放，喜欢学习新事物？

· 又或者，你的角色是否对这个世界好奇心不足？

价值观

· 你的角色是否愿意重新审视社会、政治或宗教的价值？

· 又或者，你的角色是否是教条化、保守、传统的？

请根据上述问题，对你的角色的开放性各层面的表现打分。之后检查答案，确保你创造出了自己自写作以来最有趣、最吸引人的一个角色。

对体验开放 / 封闭特质的塑造

表 2.10 对人们开放 / 封闭特质的主要区分点进行了归纳总结，如下所示。

表 2.10　与对体验开放 / 封闭特质相关的情感、行为模式

	对体验开放	对体验封闭
情感	略偏积极	
外观	衣着风格独特	衣着风格偏向循规蹈矩
	很少看起来健康、整洁	
	姿态放松	姿态不太放松
	富有表现力	表现力不足
交流	喜欢辩论	观点死板
	想法众多	思想保守
	容易处在多段情感关系里	已结婚或有长期稳定的关系
	交友广泛，思想自由	
	政治上比较自由	政治上比较保守
对话	喜欢言语表达、辩论	更简单、直接

续表

	对体验开放	对体验封闭
喜好	追求知识、喜欢艺术画廊、餐馆、旅行	倾向于离家较近的熟悉、传统的体验
	有艺术风格、激烈的音乐	

迈尔斯－布里格斯类型指标

有趣的是，虽然“大五”人格模型是现今社会与人格心理学家使用的科学标准，但另一个模型在工作场所一直备受欢迎，常被用来测试员工的个性。根据卡尔·荣格的心理类型理论，迈尔斯－布里格斯类型指标（MBTI）试图从十六型人格来了解人的行为，即外向/内向（extroversion/introversion）、感觉/直觉（sensing/intuition）、理性/感性（thinking/feeling）、认知/判断（perceiving/judging）的二分法。在外向/内向之外，荣格认为，对人最好的了解，就是通过其认知世界、做决定的方式了解他。荣格提出，倾向于感知世界的人比较相信具体、有形的事实，而倾向于直觉的人往往会选择与记忆、模式或预感有关的信息。在做决策方面，荣格认为，理性的人根据逻辑来做决策，而感性者在下结论时会被他人的感受左右，并试图寻求平衡、和谐。

MBTI 中的第四大维度——认知/判断后来由教育家凯瑟琳·库克·布里格斯及其女儿伊莎贝尔·布里格斯·迈尔斯补加，她们认为，人们判断或认知世界时有自己的偏好，而这取决于人们在行动时是偏向于有计划行动，还是无意识、自发性的行动。相关科学研究认为，虽然 MBTI 十分流行，但缺乏有力的实证支持，其观点也存在一些问题。对于试图构建人物复杂性的作者来说，十六型人格似乎比较有限。比起创造引人入胜、细腻的人物角色，它在勾勒人物大致轮廓、框架时作用更大。

个性特征、文化及情境

个性特征被认为可以很好地预测一个人的行为模式，但更准确地说，是表现特定行为模式的倾向性，它勾勒出一个人做事、思考及感受的独特风格。但是，如同斯蒂格·拉森"千禧三部曲"中的莉丝贝丝·萨兰德，我们在某些场合下的行为是出乎意料或不寻常的，这是因为，基于当下情境，我们认定如此行动会对自己有利。在选择行动方式时，我们会考量自己的社会角色、文化习俗、手头任务、所处特定场景，甚至一天内所处的时间。也因此，许多人在工作时会表现得更谨慎、认真。同样地，在必要的社交场合，内向者会迫使自己表现得更外向。然而，这种与平素截然相反的行为方式会让人感觉心累，只能维持相对较短的时间。所以在描述角色此类行为时，也要注意行动的时间长短。是否是处于特定关系、压力，或特定环境下，才引发了角色的这类行为呢？当刻画出人物行为的这一连贯性后，你就能创造出与读者共鸣的复杂性角色。

个性与性别

在人格五因素模型中，我们已经概括了人格的要点，但或许你会疑惑，除此之外是否还有其他影响我们个性的因素呢？比如性别，男女在个性上是否存在较大的差异呢？如果是，这种差异是否来自文化的刻板印象？根据许多大规模跨文化重复性研究，与男性相比，女性更偏外向、亲和、尽责，但情绪稳定性方面较男性稍差。有趣的是，不同于我们直觉上所认为的，这些差异在繁荣、健康、平等的文化环境里反而更大，在这些文化环境中，女性较其他文化环境获得的机会更多，与男性同等。无论这些差异是否与生物学有关，一定要记得，人格上更大的差异来自同一性别内，而非不同性别之间。那么，既然女性通常可能更亲和、热情、善交际、责任心强、情绪稳定性稍差，当出现挑战刻板印象的女性角色时，就会更容易被记住。毕竟，角色之所以让人印象深刻，通常是因为他们在常理之外。

个性与心理健康

在此之前，我们所探讨的大部分角色都建立在他有一个健康的心理状态基础之上。但若描述存在心理问题的人物，你可能想知道，心理健康水平又该如何与“大五”人格相关联呢？抑郁、焦虑、物质滥用是常见的三大心理问题，存在此类问题的人往往神经质维度得分高，尽责性维度得分低，物质滥用者还往往表现得亲和性较差。神经质这一维度主要用于了解内化心理问题（包括焦虑、抑郁、创伤后应激障碍及进食障碍等）所带来的痛苦，而亲和性较差则会让存在外化心理问题（包括精神障碍、反社会型人格障碍、物质使用障碍等）的人及其身边人感到痛苦。

暗黑人格与光明人格

根据人格五因素模型，亲和者更多表现出富有同情心、讨喜的一面，而亲和性差通常与人际关系中比较棘手的一些性格特点有关。这些特点也可以通过暗黑人格与光明人格的视角来探讨。人格暗黑三角或人格光明三角通常存在于一些或十分邪恶、或十分善良的人身上，而这些特点，在我们塑造正派或反派角色时是很有用的。这并不是说，你的正面人物只能有"光明"的特质，而反派人物只有"黑暗"一面。其实大多数人同时拥有这两面，只不过，讨喜的角色人格更偏向"光明"的一面，而有争议的、反面的角色"黑暗"特质分量更重。在继续深入探讨前，先介绍一下这两种人格框架下所包含的具体内容。

反派角色与暗黑人格

心理学家德尔罗·保卢斯和凯文·威廉姆斯发现，人们十分厌恶的极端反派人物在人格上有三个共同特点，也就是暗黑人格，分别是马基雅弗利主义（Machiavellianism）、自恋（narcissism）和亚临床精神病态（subclinical psychopathy）。马基雅弗利主义者指那些玩弄策略欺骗、利用他人的人；自恋者认为自己最重要、自负自大；亚临床精神病态则描述了人的冷酷无情、愤世嫉俗。这三种都与亲和性差有关联。

大多反派人物在"黑暗三角"的得分都非常高，如果把所有人都列出来，恐怕整本书都写不下。但是，其中也有些反派人物受人喜欢，比较有名的有《教父》中的迈克尔·柯里昂、《星球大战》中的达斯·维德、《闪灵》中的杰克·托兰斯、《纸牌屋》中的克莱尔和弗朗西斯·安德伍德、《冰与火之歌》中的瑟曦·兰尼斯特和她的儿子乔佛里·拜拉席恩，以及《继承之战》中的洛根·罗伊。

你的角色在“黑暗三角”上得分如何？

马基雅弗利主义

· 你的角色是否喜欢巧妙操纵他人来获取想要的东西？

· 又或者，他们是否是坦率直接的？

· 你的角色是否在做计划时总要确保对自己有利，而非对他人有利？

· 又或者，他们是否会考虑到他人？

· 你的角色是否会注意收集信息，以备日后对付他人？

· 又或者，你的角色是否绝不会这样做？

自　恋

· 你的角色是否认为自己是特殊的？

· 又或者，他们是否认为自己是普通人？

· 你的角色是否喜欢成为焦点？

· 又或者，他们是否对此感觉不自在？

精神病态

· 是否有其他人认为你的角色是失控的？

· 又或者，他们是否认为你的角色可以很好地管理自己？

· 你的角色是否享受险境？

· 又或者，他们是否倾向于避免陷入险境？

· 你的角色是否喜欢报复？

· 又或者，他们是否更倾向于原谅或者放下，并向前看？

光明人格

与反派角色不同，在光明人格上得分高的人，倾向于看到他人美好的一面。他们享受在有意义的人际关系里关心他人、宽容他人、信任他人、诚实、接受当下。这些品质并不与黑暗人格一一对应，它们是独立的。这三个方面分别是康德主义（即尊重他人原本的样子，而非视其为利用工具）、人道主义（即尊重每个个体的尊严）、相信人性（即相信人性本善）。

在光明人格三个方面得分极高的角色有：《纳尼亚传奇：狮子、女巫和魔衣橱》中的露西、《哈利·波特》中的哈利·波特、《飞屋环球记》中的童子军拉塞尔、《心灵捕手》中的肖恩·马奎尔，以及《冰与火之歌》中的山姆威尔·塔利。

你的角色在“光明三角”上得分如何？

康德主义

· 你的角色是否享受有意义的人际关系？

· 又或者，他们是否总想着从其他人那里得到点什么？

人道主义

- 相比于个人魅力，你的角色是否更看重一个人的诚实？
- 又或者，你的角色是否通过欺骗手段获得想要的东西？
- 你的角色在伤害到他人时是否感觉愧疚？
- 又或者，他们是否缺乏忏悔之心？

相信人性

- 你的角色是否更愿意看到人们美好的一面？
- 又或者，他们是否会怀疑、不信任他人？

总结

本章主要介绍了塑造人物的基础内容。若要创造一个新角色，就必须了解这个角色是谁、如何行动、如何思考和感受。大量心理学研究表明，人格五维度模型是抓住和描述人物行为、思考和感受倾向的最好方式。因此，对于作者来说，“大五”人格是了解圆形或复杂人物最好的框架，也是一个了解人物的不同个性如何影响其思想、情感和行为的工具。在五大维度上，人物更深层的复杂性可以通过其包含的三十个层面来获取。有趣的角色之所以会给人留下深刻的印象，是因为他们在有些维度或人格的层面上得分比较高，异于普通人。

若要增加人物角色的复杂性，还可以设定其行动背后的情境。在你的故事里，人物角色可能在某些情境下非常得心应手，表现也是一以贯之；而在其他时间，比如面对巨大压力时，为了让局势变得对自己有利，他们可能会做出反常的举动来。当考虑角色被喜欢或被讨厌的程度时，光明三角与黑暗三角提供了一个不错的视角。因为在大多数人的人格上光明面占优，但又兼具光明与黑暗两面。所以，当你塑造出一个混合两面特质的角色时，你就很有可能创造出一个可信、复杂、有缺陷的人物来，而非一个卡通人物。

现在我们已经了解了人格的基本内容，以及如何运用“大五”人格模型来创造复杂、可信的角色。接下来，我们一起看一看人的个性与五大维度如何通过对话来呈现。在下一章，我们将介绍人物个性如何影响其说话方式，而非仅仅说话内容。

第三章　人格决定对话

如果请你举出十句印象深刻的电影台词，其中很可能会有这句“说实话，亲爱的，我一点也不在乎！”。寥寥数语便显示出对话的力量，有效地捕捉到了《乱世佳人》中瑞德·巴特勒的个性、情感和关系变化。通过瑞德这句台词的内容和时机，我们得知他终于受够了斯嘉丽·奥哈拉。不过尽管他态度抵触，话语里却饱含着情感。瑞德的台词也能提醒我们：人物关系是动态发展的，对话则反映了这种变动不居的状况。他不拘小节的措辞、口语化的语言和强硬的立场反映出他性格中活泼自信的一面和难相处的一面。“说实话”和“我一点也不在乎”也表现出瑞德的年龄、教养、地位，将我们带回这部小说写就和改编成电影的年代。

在人物的言语中，每个词的选择都有等待揭示的内涵。心理学家分析了成千上万人的日常语言，最后证明，听到某人的声音我们就可以得到相应的线索，这些线索有关他的个性、意图、情感状态、年龄、受教育程度、性别、他来自哪里及住在哪里等。在接下来的小节中，我们将利用这些发现来展示它们如何帮作者给人物创造出更具说服力的对话。然而，在进一步讨论之前，首先需要解决这样一个问题：虚构的对话是否应该具备心理学上的说服力，至少是在某种程度上贴近真实的对话，或者它是否就是为完全不同的目的而构建出来的。

在小说中，对话通常有两个目的——推动故事发展和刻画人物形象。如果对话只是推进了叙事，但对人物来说感觉并不合适，我们往往就会从故事里跳脱出来，因为人物塑造得太直白笨拙了。而当我们读到或听到符合心理活动的对话时，我们便会自然地代入人物，进而始终沉浸在故事里。

但我所说的符合心理活动的对话是什么意思呢？它应该像现实生活里的对话吗？如果你录制过日常对话，你就会明白答案是否定的。虚构的对话是要提炼出日常对话中的“最佳片段”，使之有趣、清晰、高效。虚构的对话通常比现实生活中的对话更流畅，而写得好的对话，特别是为表演设计的对话，往往节奏也要更好。那么为什么我要把日常对话的研究囊括进这一章呢？因为虚构的对话需要建立在口语的声音、词汇和模式的基础上，这样才能在认知上具有说服力。如果我们知道一个人性格是外向的，那么我们自然希望他的言语里能反映出这一面。这并不是说一个外向的人说话就得有我们现实中可能听到的那么多卡壳，也并不意味着它就必须符合我将在本章中概括的所有发现。但这确实意味着，虚构的对话应该让人感觉没问题，而且要有我们每天都能听到的那种对话的味道。

为了理解人们通过对话展现个性、地位和关系变化的方式所存在的差异，我们来考虑一下对话揭示的个性的四个主要方面：对话风格（Conversational style）、语言风格（Linguistic style）、内容（Content）和用词（Vocabulary）。人物的对话风格可以向我们展示他们作为对话双方的感觉。他们发起对话了吗？他们健谈吗？他们善于倾听吗？相比之下，人物的语言风格展示的则是人物是怎么把单词组合起来，形成有意义的或偶尔无意义的句子的。这些句子可长可短，可简可繁，可以正式也可以口语化，可以流利也可以多有停顿。内容指的是言语中传递的信息，对话的内容可以让我们了解人物的动机、信念和感受，以及他们感兴趣的话题。最后，人物的用词揭示了他们个性的某些方面，除了年龄之外，还有受教育程度、来自哪里、族群认同和所处的历史时期。

接着来看看那些在不同人格维度上得分高的人物是如何利用这些元素的。如果你的人物在某几个方面得分低，那么你就需要在他们的对话中增加所有这些风格的元素。比如说，如果你的人物性格在外向和神经质维度得分很高，我们就会希望他的话是自信、健谈、随性和情绪化的。

健谈外向的人

毋庸置疑，我们都知道外向的人如何说话，因为外向是最容易感觉到的个性。外向的人天生健谈、有魅力，而且总会开启话题。他们往往说得多、语速快、声音也大，而且喜欢大段大段地发表言论，其间还不留空当。性格外向的人天生自得其乐，喜欢分享故事，经常自己介入谈话。他们也更容易自言自语，仅仅是为了谈话的乐趣而说话。他们还会补充别人的话，以及给出赞同的意见。

就语言风格来说，外向的人在对话中通常是放松和非正式的。他们喜欢用积极的语言来反映情感。为了不间断地说话，他们通常使用很简单的短句，甚至使用不完整的句子。外向的人在说话时，可能一句话开头就错了，也可能会在句中停顿，然后重复或重新开始说。他们还喜欢用语气词，比如“啊”“呃”“那个”等。外向的人在谈话中也会以自由流畅的方式从一个话题跳到另一个话题。所以当你和外向的人说话时，恐怕很难找到气口。

关于如何辨别外向的人，你甚至可以从他们常用词的种类来判断。性格外向的人比性格内向的人更多地使用“想要”（want）、“能够”（able）、“需要”（need）等词，这反映出他们自信和坚决的特质。他们是群居动物，所以会称自己是群体的一分子。因此，你会在外向的人那里听到更多“我们”，而不是孤零零的“我”。外向的人充满活力，他们一般使用很多动词、副词和代词，来给对话增添活力和动感。或许是因为希望快速说清楚想法和不让交流停下来，他们的口语词汇不如内向的人丰富，并且常常出现用词错误。理论上他们有的那些词汇量已经足够。让我们看看在《钢铁侠》的剧本中，托尼·史塔克第一次出场时的实际情况。

2. 内景 连续不断的嗡嗡声

三个空军，脸上带着胜利的神色。和他们挤在一起的是一个穿着昂贵西装的男人，看起来像是来自比弗利山庄。毋庸置疑，他是天才发明家和亿万富翁托尼·史塔克。他手里拿着一杯伏特加。

托尼

哦，我明白了。你们不能说话。是吗？你们能说话吗？

一个飞行员咧嘴一笑，摆弄起他的橙色纽约大都会队手表。

吉米

是的，我们不能讲话。

托尼

明白了。这是你们自己的事。

拉米雷斯

我想他们被威胁了。

托尼

我的天，你是个女人吧。

其他人都抑制不住地笑。

托尼

说实话，我不该那么说。（短暂沉默）不好意思，可这不就是我们来此的目的吗？我看你们都是当兵的。

从我们见到托尼·史塔克的那一刻起，他就试图引起我们的兴趣。他在开始说话时那种顽皮、轻松、健谈的情态直接显示出，他是个外向且富有魅力的人。他自得其乐，坦率直言，是这场戏里最有主见、最健谈的人物。于是，他在吸引其他角色注意力的同时，也不出意外地吸引了观众的注意力。

史塔克是典型的外向人，他的语言风格散漫而随意，常用非正式的短句子，干净利落地表明立场，这也说明他把自己看成团队中的一员，即便那些只是刚刚认识的人："这不就是我们来此的目的吗？"由此可见外向的人是社会性的，他们的话铿锵有力，并使其很快就建立起社会关系。

安静内向的人

与外向健谈者相对的是内向的人，他们说话少，用更多的时间倾听。他们把精力放在内心，所以他们说话也比外向的人慢得多，冷静得多，和他们的对话往往结束得很快。内向的人对话时会停顿很久，似乎要用更长的时间来想接下来说什么。和外向的人不同，内向的人在对话中往往只围绕着一个话题，而且是他们非常感兴趣的事情。他们更容易提出问题和消极的想法，这也反映在他们比较悲观的言语中。对他们来说，当就一个话题说完了所有想说的话，那么对话也就结束了。

在语言风格上，内向的人喜欢用更复杂、流利和正式的语言。他们说的话通常听起来比外向的人更稳重，这是因为他们会用更多的名词、形容词和介词。也就是说，他们谈论更多的是事件而不是行动。另一个显著区别是，他们的词汇量往往比外向的人更丰富，也更容易用对词汇。让我们看看在奥斯卡获奖影片《月光男孩》的剧本中，被叫作“小不点”的齐伦是怎么说话的。以下是第一场出现他对话的戏的节选：

内景 胡安的家里 夜晚

胡安、特蕾莎、小不点坐在一张简陋的餐桌旁，两个大人看着这个孩子吃一盘美味的家常菜。餐厅有点奇怪，墙壁有两种颜色，正在粉刷，地板上有一排油漆罐和滚筒，显然工作还没干完。

胡安

你不说话但你挺能吃。特蕾莎都笑了。

特蕾莎

没事宝贝，吃喝好了再说话也不迟。

小不点抬起头来，听着特蕾莎的声音，看着眼前她的身影。

小不点

我叫齐伦。（接着）大家都叫我小不点。

特蕾莎

那我就叫你的名字了。

小不点耸耸肩。

特蕾莎

你住哪里的，齐伦？

小不点

自由城。

特蕾莎

你和妈妈住一起的?

小不点点头回应。

特蕾莎

那你爸爸呢?

什么回应也没有。不眨眼，不点头，也几乎没有呼吸，只有沉默。

特蕾莎

你想让我们送你回家吗?(接着)也许等你吃完?

小不点低下眼睛，凝视着眼前的桌子。

小不点

不。

胡安和特蕾莎彼此看了一眼，确认了眼神。

特蕾莎

好的，可以，你……你今晚可以待在这儿。你愿意吗?

小不点点头答应了。

和所有高度内向的人物一样，小不点只在必要的时候才说话，他在这一选段前的四场戏里一直保持着沉默。当小不点不想回答问题时，他便什么也不说。只有当他遇到了温暖的特蕾莎，他才表现

出可以敞开心扉的样子。为了便于快速参考，表 3.1 列出了高度外向型和高度内向型人物在对话中的主要差异。

表 3.1　外向的人和内向的人对话差异

	外向的人	内向的人
对话风格	引起对话，说话声音大、语速快、停顿少，听人讲话时有很多反应（如“啊哈”）。	善于倾听，说话少，安静、缓慢、试探性地说话。
语言风格	非正式的。句子更简短，且不甚流畅。多用动词、副词和代词。	正式的。句子更长，更精巧。会表达更多的否定和消极情感。试探性的话语也更多。多用名词、形容词和介词。
谈论的话题	像在自言自语地说各种事情，但主要是关于处世方法、社交、朋友、家庭、他人、音乐、宗教和性。	倾向于个人关心的话题。经常提出问题，更愿意谈论自己的工作。
词汇	有限且重复，用词可能不准确。	词汇量丰富，用词非常准确。

体贴亲切的人

和蔼可亲的人都很体贴和善良，这也反映在他们的言语中。他们是很好的倾听者，会努力理解对方的观点，通常强调积极的一面。他们会尽力让对方相信他们是站在同一边的。他们还会用很多的第一人称单数来强调自己的存在和倾听。也许是因为他们不那么自信，而且更注重倾听，和蔼可亲的人往往会用较短的句子说话。举个例子，让我们来看看《安妮·霍尔》的一段节选。这是艾维在打网球后第一次和安妮聊天的场景：

艾维

（仍旧回头看着）呃……你想让我捎你一程吗?

安妮

（转身跷起拇指示意搭车）噢，怎么……你有车吗?

艾维

没……我是想叫辆计程车。

安妮

（笑了）噢，不用了，我有车。

艾维

你有车呀?（安妮笑着，双手叠在胸前）所以……（清了清嗓子)那我有点不明白……你要是有车，那怎……怎么会问我有没有车……听起来像是你想搭我的车?

安妮

我不是……(笑了)我没有……天哪，我也不知道，我……我想这个……对，外面那辆大众是我的。（笑着指向门外）我真蠢。你想要搭车吗?

艾维

（把包的拉链拉上）当然。你走哪……条路?

安妮

我？噢，我上市区里！

艾维

去市区里？我要去市郊。

安妮

（笑着说）噢，对了，我也要去。

艾维

呃，好吧，你刚说你要去城里。

安妮

嗯，是的，但是我……

在对话中安妮表现出这样的配合与无私，主要是为了和艾维一起走，而不是坚持自己的需求。她甚至提出载他一起去市郊，即便她自己要去的是市区里。有趣的是，一些不诚实又令人讨厌的人，他们为了某些社会利益，会模仿和蔼可亲的人说话。为了得到他们想要的东西，他们可能会假装倾听，提出意见，并且称赞他人。让我们看看在《乱世佳人》剧本中的斯嘉丽·奥哈拉是如何做到这一点的。

斯嘉丽和她的姐妹走上台阶，英迪尔在那里等着。

斯嘉丽

哇，英迪尔，好漂亮的一身穿着！

苏伦

太完美了，亲爱的！

卡琳

很好看！

斯嘉丽

（根本没看衣服，眼睛正四处寻找艾希礼）我简直没工夫去看别的地方。

显然，斯嘉丽在这里对情敌穿着的赞美是完全不真诚的。她是想保持自己温柔亲切的社交名媛形象，同时尽快行动，找到她最爱的艾希礼。但正如编剧西德尼·霍华德所指出的那样，她的眼睛暴露了自己的内心。

不友善的人

当不友善的人不那么狡猾的时候，他们就会相信自己是真实的，为了做到这一点，他们通常会尽可能清楚地表达自己的观点。他们才不关心别人会怎么想，所以他们更粗暴，容易愤怒，甚至会骂人。下面让我们来看看电影《拜金一族》中的一个著名场景。

布莱克

生意棘手？他妈的生意棘手？是你太烂了。我干这行已经 15 年了。

戴夫

你叫什么名字?

布莱克

去你的，这就是我的名字。你知道为什么吗，先生？因为今晚你开个破烂现代车来开会，我开的是 8 万美元的宝马。那就是我的名字。而你的名字叫“不够格”。你没资格玩这个男人的游戏。你完不成，回家去向你老婆诉苦吧。因为生活中只有一件事最重要，就是让客户在合约上签字！听到了吗，你们这群浑蛋？A—B—C。A，永远，B，做个，C，成功者。永远做个成功者（Always Be Closing）。永远做个成功者！

虽然马麦特曾说过他要写诗意的而不是真实的语言，但布莱克的话恰恰像我们会在讨厌的人身上听到的那种话。布莱克这个角色讲话直接有力，观点清晰且不容置疑。他一点也不担心得罪人。为了确保观点正确无误，他的话反倒是粗鲁而带有挑衅意味。其他角色会记住这些台词，观众同样会记住这些台词。这场戏中的对话也很好地说明了，虚构的言语是如何挖掘并雕琢日常对话，从而反映出人物个性特点的。布莱克的语言采用了很多外向人的语言模式，同时也反映出剧作家大卫·马麦特处理这些语言模式的方式，他让它们更有节奏。马麦特捕捉到了日常对话流露的基本个性，同时把

它们变成了更动听的台词。表 3.2 概括说明了非常亲切的人和非常令人讨厌的人在对话中的主要差异。

表 3.2　亲切的人和讨厌的人对话差异

	亲切的人	讨厌的人
对话风格	语带赞同与配合，善于倾听，同时会有反馈。	说话简短，不配合，通常很粗鲁。
语言风格	通过使用第一人称单数（很多 I，me 或 my）让自己变得亲善。积极情感多，消极情感少。	
谈论的话题	处世方法，朋友，家庭，感情，家庭和休闲娱乐。	负面情感，怒气，金钱 / 财务，死亡以及追究事情起因。
词汇		更可能骂人。

阴晴不定的人

在情绪不稳定这个维度上得分较高的人更倾向于传递负面情感，通常使用表达悲伤或焦虑的词语。自己的内心感受也是他们在对话中最可能提起的话题之一。举个例子，让我们来看看《鸟人》中情绪不稳定的瑞根的讲话方式。

萨米

所以，明天就是开幕夜了。

瑞根

是的。

萨米

很叫人激动，是吧？

瑞根

没错，其实……我也不知道。预演算是惨到家了。没有激情也没有兴奋点，我们都演不下去这场戏。我一直都没睡觉，你知道的。我破产了。哦，还有，感觉这出戏成了我自己的缩影，如影随形，像在用小锤子敲我的蛋。（响声）对不起，你问的是什么？

这段对话写得很棒，最后一句话总能让我笑出来。瑞根沉醉在自己那喋喋不休的消极言论里忘乎所以，他把自己的答案引向了未知世界，甚至想忘记这个问题——这完美地体现了他的神经质，而这正是这部电影叙事的核心。

沉着冷静的人

情绪稳定的人在对话中会更冷静和乐观。即便在压力最强时，他们也很少谈论自己的感受，他们更关注外面的世界而不是自身。以《异形》（1979 年）中的一场戏为例，埃伦·蕾普莉第一次看到异形卵，而她的同伴达拉斯的身体就在里面。

他的眼睛出人意料地睁开了，慢慢聚焦在蕾普莉身上。他的声音很小。

达拉斯

杀死我吧。

蕾普莉

怎么回事?

达拉斯轻轻地动了动头。蕾普莉打开灯。又一个异形卵悬在天花板上，但是结构不一样。它更小更黑，外壳更硬，几乎和弃船上的卵一模一样。

达拉斯

那就是布莱特……

蕾普莉

我要把你带出这里……我们要上自动飞船。

时间过了很久，没希望了。

蕾普莉

我能怎么办。

达拉斯

杀死我吧。

蕾普莉盯着他，举起火焰喷射器喷射出熔岩般的烈焰。舱内一片火海。蕾普莉转过身爬上舷梯。

在剧本中，蕾普莉并没有崩溃，依旧冷静沉着。几场戏后，她逃离了那艘载有异形卵、即将爆炸的飞船，这下终于可以喘口气了：

内景 水仙号 过后

现在重新加压了。蕾普莉坐在控制椅上，平静沉着，几乎是愉快的。猫在她腿上咕噜叫。她在对着录音机说话。

蕾普莉

再过五个星期我就可以到达边际了。运气好的话就能连上网络。我是蕾普莉，W564502460H号飞行员，商业星际飞船 Nostromo 的最后一名幸存者。（停顿）来吧猫咪。

她关掉录音机，望向太空。

蕾普莉的语言出奇地平静，这是情绪稳定性高的人的典型特征。有趣的是，这也是近期遭遇创伤的幸存者在描述自身经历时的表现，他们通常用结构简单的句子来集中反复地讲述自己的经历。

表3.3总结了情绪稳定性得分高和低的人在对话中的主要差异。

表 3.3　神经质的人和情绪稳定的人的对话差异

	情绪不稳定	情绪稳定
对话风格	说话少，好争辩，想好了才发言。	冷静，不动声色，健谈。
会谈论的话题	更多地谈论自己，尤其是自己的负面情感。	话题包括朋友、运动、理财和身体状况。
词汇	用更具体的词汇（我们能感觉到的物品或事件）。更可能骂人。	用更长的单词。

认真负责的人

即便是在社交场合，认真严谨的人也喜欢谈论工作。就语言风格而言，他们会努力避免消极。与那些缺乏责任心的人相比，在这一维度上得分较高的人几乎从来不会说自己不想做什么或者不喜欢什么。他们也不太可能谈到自己的负面情感。相反，认真严谨的人在对话中很擅长自我反省，比如讨论他们如何做出某个选择。

在《社交网络》的第一场戏里，角色马克·扎克伯格在第一次约会时一直在讲自己在哈佛获得进步的最佳途径。他处在浪漫的情境中，谈论的却是如何获得好成绩——也许他认为这样做能给对方留下好印象吧。作为一个典型的高度认真严谨的人，扎克伯格说的话总带着自我审视和避免消极的倾向。

淡入：

内景 校园酒吧 夜晚

马克·扎克伯格是个看起来很可爱的 19 岁男孩，纯良的外表下是非常复杂和危险的愤怒。在与人眼神交流方面他有些困难，有时很难判断他是在跟你说话还是在自言自语。19 岁的艾丽卡是马克的约会对象，看着像一个很好骗的邻家女孩。约会进行到这一刻她已经发觉自己并不想待下去，她礼貌待人的行事风格即将受到考验。这一幕既明显又简单。

马克

你怎么做才能从一群大学入学考试考 1600 分的人里脱颖而出呢？

艾丽卡

我不知道中国也有大学入学考试。

马克

我没说中国学生。我指的是我自己。

艾丽卡

你拿到了 1600 分？

马克

是的，我会在阿卡贝拉乐团中表演，但我不会唱歌。

艾丽卡

这么说你其实很正常?

马克

我会参加划艇队或者发明一台 25 美元的电脑。

艾丽卡

你也可以进入精英俱乐部。

马克

我可以进入精英俱乐部。

艾丽卡

你知道，从女性视角来看，有时候不在阿卡贝拉乐团唱歌是件好事。

马克

真的。

散漫随意的人

缺乏责任心的人会用随心所欲的方式说话。这意味着他们比那些有责任心的人更有可能骂人，大呼小叫，表达消极情感。在成人喜剧《泰迪熊》（2012 年）的这场戏里，主角约翰把他那只会说话的泰迪熊踢回沙发上。

泰迪

告诉你，大多数波士顿女人，比其他地方的女人更丑，气色更差。

约翰

胡说八道。那劳丽呢？她就很性感。

泰迪

劳丽来自宾夕法尼亚，可不是什么波士顿女人。

约翰

波士顿女人没那么糟。

约翰在泰迪熊开口说台词时抽了一口烟。

泰迪

你强调她们没那么糟，这就说明她们确实很糟。随便在一个海滩待上两个小时后，她们就会变成半白半粉的醉鬼。（泰迪熊吸了一口烟。咳嗽。）天哪，这也太没劲了。一点都不爽。我得和卖烟草的人谈谈。

约翰

这，这够让我爽的了。

泰迪

我感觉弱爆了，我得跟他好好谈谈。

像约翰和泰迪这样的人物不可能在空闲时间讨论工作。对他们来说，谈论女孩和派对更有意思。正像我们期待看到的那样，粗枝大叶的人物说着随意、口头、无拘无束的话，同时也是下流、粗鲁和打趣的话。表 3.4 总结了认真严谨的人和散漫随意的人在对话中的主要差异。

表 3.4　认真严谨的人和散漫随意的人的对话差异

	认真严谨的人	散漫随意的人
对话风格	乐观，自我反省，有礼貌。	随心所欲。更可能骂人，表达负面情感，说话大声。
语言风格	少用代词，多用和交流相关的词（如交谈和分享）。喜欢说“我的意思是（I mean）”或者“你知道的（You know）”。	
谈论的话题	工作。也很可能会谈论他们的成就。	音乐，不同的人，听闻的消息，负面情感，事情起因，死亡，等等。
词汇	用较长的词汇。	用较短的词汇。

开放善辩的人

个性开放的人往往喜欢语言。他们天生就具备辩论思想，也会讨论多元的文化、价值观及信念。十分乐于实践的人最能够包容他人的态度，而对自身的态度也更具试探性。在对话中，他们通过使用更多不确定性的词语来表达这一点，例如“或许（perhaps）”和“可能（maybe）”。他们会使用较长的词汇和暗示他们有洞察力的词汇，例如“我发现（I realize）”和“我明白（I understand）”。他们也喜欢表达富有想象力的想法。举个例子，让我们来看看《万物理论》里剑桥五月舞会这场戏，史蒂芬·霍金这个角色是如何进一步了解他未来的妻子简的。

史蒂芬（继续）

所以，是20世纪20年代。诗歌的黄金年代，是吗？

简（念诗）

不要在天文学家那找寻知识

他们只是用望远镜

追随恒星纷飞的路径

史蒂芬

真棒。

简

那是……？

他们穿过附近的舞池，经过爵士乐队，走在去亮着灯的人行桥的那条路上。那座桥横跨一条河，亮灯的船只漂过。

简（继续）

是科学的黄金年代吗？

史蒂芬

算是个精彩的时代。时空理论诞生了。

简

时空理论……

史蒂芬

空间和时间终于在一起了。人们总是认为二者不同，这解决不了实际问题。但后来爱因斯坦这位终极的牵线者，决定了空间和时间，不仅有未来，而且早就在一起了。

简

天造的一对！

在这场戏里，史蒂芬·霍金这个人物用语言表达了他对宏大、富有想象力的思想的热爱，这是典型的乐于实践的人。这部电影成功塑造了霍金口齿伶俐，思路清晰且词汇量丰富，用词生动、贴切、高级、精确的人物形象。

闭关自守的人

闭关自守的人更喜欢熟悉的日常生活。正因为如此，他们喜欢谈论自己的日常生活和职业。他们也更爱用过去时说话，这可能反映了他们对往日时光的怀念。下面是英国电视连续剧《王冠》中的一场戏，英国女王伊丽莎白二世在向好友波希倾诉时，很好地说明了这一点。

伊丽莎白

（环顾四周美丽的孤独和寂静）人们过去常常嘲笑我祖父。他会连续几天隐居在猎场看守人的小屋里和集邮册待在一起，除了洗牌和贴邮票，整天无所事事。它们便是他最好的朋友。来自世界各地的小卡片，上面印着其他孤独君主的头像。维多利亚女王也曾经消失在这些森林里好几个月。

伊丽莎白走到一间简陋、矮小的屋子前，屋子不太整洁，凌乱且与世隔绝。

伊丽莎白

我相信我们每个人都由形象或梦想定义。我们是谁，我们需要什么，我们憧憬什么。那栋不大不小的房子是我的，与世隔绝，没有整日整夜的值守，没有军人和用人。只有我，住在那间小屋里，一个朴素的乡下女人。这就是生活……

在彼得·摩根的塑造下，伊丽莎白二世告诉波希她更喜欢有规律的简单生活，这就很像是闭关自守的人。当然，除此之外她的谈话风格也非常符合。她开始用过去时来描述祖父的生活，接着用简单的话告诉我们她现在想要过的生活。我汇总了乐于实践的人和在这一维度上得分较低的人在对话中的差异，见表 3.5。

表 3.5　开放的人和封闭的人的对话差异

	开放的人	封闭的人
对话风格	喜欢说话和争辩。听人讲话时会有更多反馈。	说话更直接、简单明了。
语言风格	经常用试探性的语言（比如“或许”和“大概”）。一般不会用第一人称单数。	多使用过去时，以及第三人称代词（他，她，他们）。
谈论的话题	宏大的思想，文化。善于察觉到谎言和骗局。	日常规律和职业等。
词汇	用较长的词汇。	用较短的词汇。

语言和性别

男人和女人的说话方式是否存在差异，这向来是个极具争议的话题。那种认为女人更善于表露情感的普遍观点究竟有没有道理？男人真的更喜欢谈论运动和汽车吗？有一项关于语言表达中的性别差异的调查发现，实际上，男女说话方式之间的统计差异非常微小。所以说，尽管男性更常提及物品和公共话题，而女性更常提及心理和社会进程，包括住宅、家人和朋友；但实际上，在持续进行的十分钟对话里，差别仅仅体现在或多或少的几个词上。对于虚构作品中的对话来说，这些差异可以忽略不计。同时需要指出的是，这项研究发现，女性与女性之间说话方式的差异和男性与男性之间说话方式的差异各自都是相当大的。所以我还是建议，如果你想创造出令人难忘的人物，那就得想想人物语言和我们的刻板印象应该有什么不同，怎么用出人意料和有趣的方式刷新我们的期待值。

语言和权力

权力是我们大多数社会关系内在的相互作用。比如让你猜一个房间里最有权力的人是谁，我们或许不知道为什么是他，但肯定知道大概是谁。其中一些线索是非言语性的，比如某人和别人的距离，但许多线索可以从言语中看出来。权力最大的人会经常说“我们”（we）、“咱们”（us）和“我们的”（our），而不是“本人”（I）、“鄙人”（me）和“我的”（my）。强调第一人称单数的人把集体思维的力量抛在脑后，权力也较小。相比之下，权力最小的人往往会说“本人”（I）、“鄙人”（me）、“我的”（my）更多，而不是“我们”（we）、“咱们”（us）、“我们的”（our）。地位较高的人会比地位较低的人更频繁地打断别人，说话声音也更大。让我们来看看《教父》里的一场戏。

内景白天　卡洛的卧室里（1955 年）

门打开，一群冷酷的人走了进来。

麦克

是你为巴西尼的人设计害桑尼。你和我妹妹演的那场闹剧。巴西尼是不是跟你说那样做就能骗得过我们一家人？

卡洛

（体面地）我发誓我是清白的。我以我孩子的名义发誓，我是清白的。迈克，别这样对我，求你了迈克，别这样对我！

麦克

（安静地）巴西尼死了。菲利普·塔塔基利亚也死了，还有史特基、克瑞安诺和莫格林也死了……今晚我要把我们家族的所有账都算清。所以别跟我说你是无辜的；把你干的事承认了。

卡洛沉默了，他想说话却极度害怕。

麦克

（近乎和善）别害怕。你以为我忍心让我姐姐当寡妇？你以为我忍心让你的孩子失去父亲？毕竟，我还是你儿子的教父。不是那样的，你的惩罚是从此退出家族的生意。我送你上飞机去拉斯维加斯——我要你好好地待在那里。我会给康妮发点钱的，就这样。但别老是说你是无辜的，这简直是在侮辱我，会让我非常生气。

这场戏可以明显看出麦克是掌权的，而卡洛知道这一点。当麦克斥责卡洛算计指使桑尼时，他反复使用“你”这个词强调了他优越的地位。卡洛恳求麦克相信他是无辜的，他坚持使用人称代词“我”。结尾处麦克稍微放松了些，他也使用了更多的“我”，在某种程度上稳固了权力平衡（见表 3.6）。

表 3.6　权力地位高的人和权力地位低的人的对话差异

	权力地位高的人	权力地位低的人
对话风格	经常打断人，说话更大声。	很少打断人，一般说话很平静。
语言风格	经常说“我们”（we）、“咱们”（us）和“我们的”（our），而不是“本人”（I）、“鄙人”（me）和“我的”（my）。经常说“你”（you）和“你的”（your）。	会说“本人”（I）、“鄙人”（me）和“我的”（my）更多，而不是“我们”（we）、“咱们”（us）和“我们的”（our）。

亲密的语言

在浪漫喜剧电影《当哈利遇到莎莉》中，编剧诺拉·艾芙隆展示了对话如何表现人物之间的亲密无间和冷淡疏离。在下面的节选场景中，哈利第一次遇到了他未来的伴侣莎莉，从开始的几句对话可以明显看出，他们彼此并不真正感兴趣。他们没有倾听对方的声音，二人都心不在焉，对话听起来完全不同调。

莎莉

我都弄明白了。这趟旅行得花 18 个小时，有 6 个航班，每班 3 个小时。或者也可以按里程数来细分。遮阳板上有张地图，我已经标好了换航班的地方。3 个小时你能行吗?

哈利

（给她一个）葡萄要么?

莎莉

不，吃饭的时候我不爱吃这个。

到电影最后，莎莉和哈利的关系完全变了。他们坠入爱河，且两人的亲密关系正反映在他们的对话中。在下面的整场戏里，这对夫妇一直在聚精会神地倾听对方。他们互相呼应和重复对方的单词和短语。对观众来说，他们显然是完全同调的。

哈利（旁白）

第一次见面时我们互相讨厌。

莎莉（旁白）

你不讨厌我，我讨厌你。（节拍）第二次见面他甚至记不住我了。

哈利（旁白）

我也讨厌你，记得住你。（长拍）第三次我们就成为朋友了。

莎莉（旁白）

我们朋友做了好久。

哈利（旁白）

然后就不是朋友啦。

莎莉（旁白）

然后就彼此相爱啦。

年龄、社会阶层、社区和方言

在写对话时要考虑的其他因素还有人物的年龄、居所、曾经的住地、社会阶层及其所属的具体社区和族群。随着年龄的增长，人们在交谈中会变得越发积极乐观，所以常使用更多正面词汇，而较少使用负面词汇。他们也甚少谈论自己和过去，多谈论未来，表达更为复杂的想法。

人们住在哪里，来自哪里，也会影响他们说话的方式。人物说地区方言时，通常几秒钟就能被听出来他来自哪里，不同族群在语法、短语和俚语、事物命名上有着明显的差异。从说话的方式也能洞察出社会阶层，这与人物接受的教育和社会经济地位有关。在现实生活中这些差异很小，但心理学家发现，在美国（或许在所有英语国家）社会地位较高的人通常使用较长的词汇，能对一件事提出更多的看法，而社会地位较低的人则多使用较短的词汇和略多的现在时动词。

语境

每当我们思考某个情境下某人要做出怎样的行为时，关键是要考虑到相关的背景，我们在思考对话时也应当如此。我们说话的内容和方式取决于谈话的对象、同对方的关系以及谈话的地点。在办公室工作时，人们会用更多“我们”（we）这样的词，他们会说更复杂的句子，也会表达更多的负面情感。当谈起运动时，人们会说更积极乐观的话，少说“我”（I）这样的词，以及少做自我反省。

坐着吃饭时，人们更喜欢讲故事，用过去时和很多的“我”（I）、“他”（he）、“她”（she）这样的词。相比之下，在边走路边交谈时，人们往往会用更私人、浅显和积极的语言，通常是现在时。面对不同的人际关系，我们也喜欢讨论不同的主题。在星期五的晚上，我们也许会和酒吧的某个朋友开开玩笑，谈谈时事，也可能和一个曾共进午餐的同事聊聊办公室的闲话政治，还有可能和学生时代的老朋友在私人问题与情谊的话题中安静地享用晚餐。这里有很多要考虑的，但你只要做对了，你的读者准会知道。

总结

如果你想从这一章中总结出一点，那应该就是“每个人的言语都是独特的”。我们的个性不仅体现在我们所说的话上，也体现在我们选择什么时候说，我们对谁说，以及我们怎么说之上。虽然外向是在言语中最容易流露的个性，但我们也能天然地意识到角色是否讨人喜欢、是否情绪稳定，稍加琢磨还会发现他是否认真负责，是否乐于体验。

对话揭示了一段关系中双方的亲密程度：两人的身份地位、共同感兴趣的话题以及产生分歧的想法。对话还可以提供关于人物年龄、受教育程度和社会背景的线索。既然我们熟悉了自然语言的模式和这些模式所揭示的重要线索，那么虚构的对话只有听起来真实可信才会吸引观众的注意力。这并不是说虚构出的贴近自然的对话就应该复刻日常语言，但如果作者能够理解并运用好我在本章中概述的一些对话基本特征，就可以更好地让观众沉浸在他们笔下的世界里。

前两章我们研究了性格如何塑造我们的行为、反应、观念、情感和对话，在下一章中，我们将继续研究动机，以及这些动机如何促使已具备鲜明个性的人物采取行动。

第四章　人物动机

动机是使角色栩栩如生的力量。目标可以促使角色集中注意力做某件事，并将角色引向与他人的冲突。目标会给故事带来能量、前进的动力和方向感。我们对主角是否会实现目标心生希望和担忧，并且通过这些希望和担忧来了解故事的发展方向。在最大希望与最大担忧的差距中，张力便形成了。差距越大，张力就越大。从人类讲述的第一个故事开始，就是动机塑造了故事。

和环境及文化影响一样，目标反映了古老的祖先的行为：保护自己、寻找伴侣、照顾家人、建立友谊和结盟，也可能是为了创造遗产和有意义的生活而努力。因为这些目标是普遍的，所以结构精巧、引人入胜的故事具有流行世界的潜力。但是这些极具普遍性的目标是什么？为什么我们要对某些动机采取比其他动机更为紧迫的行动？在以下各部分中，我们将仔细研究十五种普遍的动机，以及为什么其中一些动机更容易引起我们的注意。

在这一章中，我们还将研究为什么主角的矛盾动机是众多故事的核心。这些核心冲突能够反映出我们在生活中经历的常见的内部冲突吗？与此相关的是，我们将揭示为什么核心人物的动机通常会发生变化，以及为什么总有相同的变化模式。编剧手册通常建议角色必须以有意识和明确的外部目标为动力来开始自己的旅程，而要以无意识或潜意识的内在需求为动力来完成自己的旅程。从心理学的角度来看，这实际上意味着什么？从动机随着年龄的增长而改变的方式中我们能学到什么，以便更好地理解角色动机为什么通常会在叙事过程中发生变化，又是如何变化的。在以下各部分中，我们将关注一些心理学理论和研究，这些心理学理论和研究向我们介绍了更多此类概念，以及角色的动机为何是表征角色的基本要素。

十五种进化动机

多年来，心理学家一直被人类的进化动机深深吸引。许多相悖的动机理论已经形成，但是其中的绝大多数都无法解释我们为什么会有动机以及这些动机为哪些目的服务。进化心理学家拉里·伯纳德和他的团队推测，为了适应祖先的生活环境，人类的动机发生了进化，以增加不仅是自身，还有最亲近的家人的繁衍和生存概率。

伯纳德和他的同事提出，所有的动机都可以根据它们所影响的对象分为五类。与生存相关的动机可以直接帮助个体；与寻找伴侣和生育孩子相关的动机可以在人际层面上、两个人之间起作用；涉及亲情的动机提升了家庭的生存概率；建立友谊和联盟的动机则涉及更大的非家庭团体；最后，与创造遗产和有意义的人生相关的动机有可能在整个社会中发挥作用。

接下来让我们依次仔细研究每一个动机。

生存动机

与促进生存有关的动机被认为是在人类发展早期出现的。它们作用于大脑中无意识的、本能的部分，在这部分中，原始情感和生存动机似乎紧密相连。这意味着我们对威胁生存的反应是迅速且本能的。这可能也意味着我们会更仔细地倾听那些生存受到威胁的人物的故事，以此更多地了解这些情形，以防我们以后遇到相同的境况。

为了生存，我们关注自己安全与否，这意味着要保护我们自己，保护我们的财产和领土不受敌对势力的侵扰，也意味着保持健康的体魄。有些时候，为了保护自己、维护自己的统治地位、获得权力，我们需要变得有攻击性。

好奇心也很重要，因为它能让我们更好地了解自己的环境，了解它潜藏着哪些危险、挑战和机遇。这个领域的最后一个动机是游戏，我们在游戏的模拟攻击性情境中测试规则从而了解社会规则。在表 4.1 中，我们来看看这些生存动机是如何被用来驱动一些著名电影主角的行为的。

表 4.1 与生存相关的进化动机

动机	电影	主角
安全	《小丑回魂》（2017）	比尔·登布洛
	《侏罗纪世界》（2015）	欧文·格雷迪
	《独立日》（1996）	大卫·莱文森
健康	《蒙上你的眼》	马洛里·海斯
	《惊变 28 天》	吉姆
	《安然无恙》	卡罗尔·怀特
攻击	《暴力史》（2005）	汤姆·斯道尔
	《杀死比尔 1》	新娘
	《怒火青春》	文兹、赫伯特和赛伊德
好奇	《爱丽丝梦游仙境》（2010）	爱丽丝
	《欢乐糖果屋》	查理·巴克特
游戏	《头号玩家》	韦德·沃兹
	《心理游戏》	尼古拉斯·万·奥托
	《勇敢者的游戏》（1995）	艾伦和莎拉

寻找伴侣和养育孩子

不需要心理学家告诉你，你也知道找到合适的伴侣是我们最强烈的动机之一。除了本能的性欲之外，这一领域的其他动机被认为是人们为了通过交流或提高自身地位来增加吸引伴侣的机会而进化的。这些与地位有关的动机在四个关键领域发挥作用：提高或炫耀我们的身体技能、心理技能、外貌和财富。这不是说当我们参加体育比赛、上创意写作课或润色小说时，我们在有意识地考虑寻找一个新的（或更好的）伴侣，而是这些很可能是与地位相关的动机最初的演变。由于我们有意识地控制着与地位相关的欲望，这些欲望的表达形式是由我们所处的文化和社会塑造的。对一些人来说，一个驾驶红色法拉利的人可能像对着雌孔雀开屏的雄孔雀一样迷人，但对另一些人来说，拥有同等魅力的人也许是一条有见地的政治推文的作者。

表 4.2 说明了这些动机是如何成就一些著名电影的主角的。

表 4.2 与寻找伴侣和养育孩子相关的进化动机

动机	电影	主角
约会 / 性爱	《卡萝尔》	卡萝尔
	《四十岁的老处男》	安迪
	《断背山》	杰克・崔斯特和恩尼斯・德尔马
	《乱世佳人》	斯嘉丽・奥哈拉
展示 / 提升身体技能	《我，花样女王》	托尼亚・哈丁
	《烈火战车》（1981）	哈罗德・亚伯拉罕
	《洛奇》（1976）	洛奇
展示 / 提升心理技能	《万物理论》	史蒂芬・霍金
	《社交网络》	马克・扎克伯格
	《莫扎特传》	安东尼奥・萨列里
展示 / 提升外表	《超大号美人》	芮妮・班尼特
	《飞越未来》	乔什・巴斯金
	《封面女郎》（1944）	罗斯蒂
展示 / 获得财富	《华尔街之狼》	乔丹・贝尔福特
	《拜金一族》	谢利・莱文
	《绅士爱美人》	罗蕾莱・李

家庭之爱

一旦伴侣找到了彼此，人们就认为他们的爱和感情一定会进化，以此来培养一种合作关系，比如照顾孩子，让家庭群体一直在一起。表 4.3 说明了感情是如何激励一些著名电影的主角的。

表 4.3　与爱相关的进化动机

动机	电影	主角
感情	《爱》（2012）	乔治斯
	《海底总动员》（2003）	马林
	《窈窕奶爸》	丹尼尔・希拉德

建立友谊和联盟

另一组动机有助于我们建立更好的友谊，帮助我们在团队中与他人合作。建立友谊和联盟的愿望很可能已经进一步演变，以此来帮助我们和我们的家庭生存。通过利他主义，我们会去帮助别人而不是只考虑自身利益，甚至有时会以牺牲自己为代价，以创造一个更好的社会，这样在我们真正需要帮助的时候他人可以伸出援手。这就是互惠利他主义，可以理解成“知道他以后会帮助自己，所以这次自己帮助他”，是许多友谊的基础，也解释了为什么信任是亲密关系的重要组成部分。研究表明，我们觉得利他主义很有吸引力，这也许可以解释为什么英雄故事如此受欢迎。

与利他主义有关，良知可能已经演变为一种与更大群体结成联盟的方式。通过做自己认为的道德上正确的事，我们创造了一个更有利于自己和亲人生存的美好的世界。在小说中，人物的利他主义和良心动机被用来产生巨大的影响。

与这些动机有关的故事通常讨论当人性受到严重威胁时可能产生的后果，并展示了人们冒着生命危险也要做正确的事，以无私的方式行事时，他们可能对其社区产生的巨大影响。表 4.4 列出了一些由利他主义或良心驱使的电影主角。

表 4.4　与建立友谊和联盟相关的进化动机

动机	电影	主角
利他主义	《阿凡达》（2009）	杰克・萨利
	《钢铁巨人》（1999）	钢铁巨人
	《辛德勒的名单》	奥斯卡・辛德勒
良知	《阿凡达》（2009）	杰克・萨利
	《卢旺达饭店》	保罗・鲁塞萨巴吉纳
	《辛德勒的名单》	奥斯卡・辛德勒

创造遗产和有意义的生活

第五组动机涉及我们与自己的文化或更大的世界的互动方式。其中一个动机就是为子孙后代留下一份持久的遗产。这可能是一个重要的想法、一件艺术收藏品、一种生活方式，甚至是一家公司。一些进化心理学家推测，我们可能也会受到激励去尝试从生活中汲取意义，构建某种让我们的生活有目标感的个人哲学。表 4.5 说明了这些动机是如何成功塑造一些著名电影的主角的。

表 4.5　与创造遗产和有意义的生活相关的进化动机

动机	电影	主角
遗产	《万物理论》	史蒂芬·霍金
	《黑潮》（1992）	马尔科姆·艾克斯
	《甘地传》	甘地
意义	《生命之树》（2011）	杰克
	《飞向太空》（1972）	克里斯·凯尔文
	《第七封印》	安东尼·布洛克
	《生活多美好》（1946）	乔治·贝利

动机的说服力

想象一下，你在公共汽车上无意中听到了三个对话。在第一个对话里，一名男子跑下楼梯，对一个朋友大声说自己刚刚从一个拿着上了膛的枪的女人手中逃脱。在第二个对话里，你无意中听到公交车司机用调情的语气与一位乘客交换电话号码。在第三个对话里，一位中年商人试图说服一位同行换个会计软件。你对这些对话都感兴趣吗？我猜不会。

行为科学家尼尔·内特尔认为，有些故事天然地就比其他故事更吸引人，因为这些故事中有更多冒险元素。他认为，为了吸引人们的注意力，虚构的故事必须比现实生活中对话的版本更强烈，或者更戏剧化。一个人物的处境越是岌岌可危，这个故事就越有可能吸引注意力。因为涉及自我保护的故事最引人注目，所以主人公为生存而奋斗的故事应该是最能吸引人的。这很可能是动作片、冒险片、科幻片、奇幻片、战争片，以及轻惊悚电影和轻惊悚小说吸引最多观众和读者的原因。恐怖电影和恐怖小说的吸引力不及它们，则是因为许多人觉得恐怖故事太吓人了。

进化论预测，主题为约会和地位竞争的故事也会引起我们的注意，特别是竞争激烈到主人公一旦失败将损失惨重。我们可能已经适应了听这些故事，所以能从中学习策略用来应对自己的生活。这一类的叙事作品包括浪漫喜剧、爱情故事、体育故事、职场故事以及有关权威人士和名人的传记。在这些类型之外，随着故事主角的利害关系减少，预计潜在的观众人数会下降。主人公的主要动机、故事类型和潜在受众兴趣程度之间的关系如图 4.1 所示。

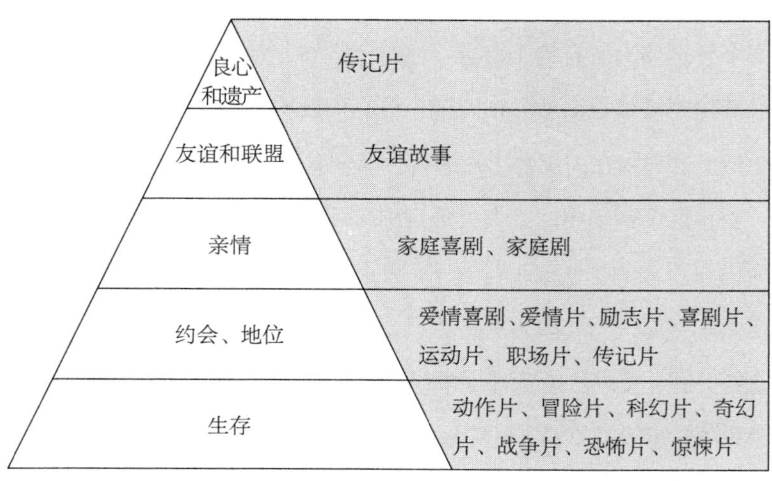

图 4.1　主人公的主要目标、故事类型和潜在受众兴趣程度的关系

从外在目标到内在需求

关于人物动机一个被广泛接受的观点是，主人公应该在一个有意识的外部目标的驱动下开始他们的旅程，这个目标会为故事的前半部分提供动力。这个外在的目标，例如成为千万富翁的愿望，与主人公内在的、无意识的或潜意识的“需求”相冲突，例如，发展更多互相关爱的关系。在故事接下来的部分里，主人公的内在需求上升为焦点，并成为主要的动力来激励和改变主角，让他们变得更好。如果主人公没有抓住机会来满足自己的内在需求，那么他们通常会过上没有幸福感的虚无生活。以科幻史诗《阿凡达》（2009）为例，当截瘫的主角杰克·萨利有机会接受手术恢复双腿的功能时，他欣然同意了。作为回报，他与军方结盟，监视纳威人，这是影片前半部分激励他的目标。但是，当萨利爱上纳威人奈特莉，接纳了潘多拉星球上所有的生命后，他有了良知，并明白不应当帮助美军继续掠夺潘多拉星球，相反地，他必须试着阻止军方摧毁纳威人的生活。这种内在需求在影片的后半部分激发了萨利。

在这个例子中，主人公的目标必须从外在的有意识的欲望转变为内在需求的想法似乎奏效了。但从心理学的角度来看，什么是内在需求？而这一转型之旅是否只是一个与英雄主义中的个人主义观念有关的、被广泛接受的西方公式？或者是否像我要说的那样，这种常见的叙事模式反映了贯穿人类生命历程的驱动动机的典型变化？

根据自我决定论，随着年龄的增长，我们学会了满足如下三个基本需求：在经历不同的环境后变得更有能力，变得更加自主或有能力做出独立的决定，以及通过与他人建立有意义的关系来找到归属感。如果我们在积极的社会和文化环境中，那么我们通常会实现这些需求，并活得更加富有、幸福。研究表明，在我们人生旅途的最初阶段，从童年到成年早期的这段时间里，我们的目标往往是外在的，也就是说，通常是为了得到外部奖励而奋斗。我们渴望在生活中获得更多的权力和自由，并被这一目标驱动。在这一过程中，我们培养了能力和自主性。当符合文化价值的外在目标与更高的自尊联系在一起时，这些目标通常会被我们内化，并在之后的生活中成为内在动机。

就像许多故事的中点一样，我们在中年时期通常会重新评估我们的目标。在之后的生活中，我们的动机会从早年更面向未来的目标转向花时间在更有意义的关系和更有个人意义的目标上，以确保能满足我们的终极需求——归属感。

综上所述，被广泛教授的观点是主角的动机通常会从被外部目标驱动转变为被内在需求驱动，这一观点反映了我们在现实生活中通常看到的，当人们接触到积极的社会环境时会发生的动机变化模式。

在故事前半部分中，促使主人公行动的外部动机通常是获取更多资源的目标。从进化论的观点来看，如果主角的生存没有受到威胁，那么这些目标往往与寻找伴侣或提高地位有关。这反映了我们的中年生活，也标志着对外部目标进行反思，更集中关注内部需求的阶段。

在叙事的第二部分，主人公更倾向于被内部或内在的动机所激励，这些动机往往与归属感的需求有关。从进化的角度来看，这些动机可能属于亲情、形成更有意义的友谊和联盟、创造遗产和更有意义的生活的范畴，这些都与我们与他人建立联系的需求有关。表4.6综合了所有这些要点，以说明故事主人公不断变化的目标如何反映现实生活中动机的变化。

表 4.6　主人公不断变化的目标如何反映了生活中动机的变化

第一幕—中点 成年早期	中点—第三幕 之后的生活
外在（外部）	内在（内部）
被外部奖励驱使	被更大的自尊感所驱使
面向未来	面向现在
	以快乐为导向
获得资源	珍惜他们所拥有的
更强的能力和自主性	归属感
约会	亲情
增强 / 展示身体技能	建立友谊和联盟
增强 / 展示心理技能	利他主义
改善 / 展示外貌	良知
获取财富	创造遗产和有意义的生活
	其他文化价值目标

内在冲突

相互冲突的动机、想法、感觉和信念是我们刚刚看到的动机转变的核心。这是因为我们的动机、情感和认知独立地作用于我们的神经回路。例如，我们可能知道我们需要说出复杂情况的真相，但对这样做了之后会发生的事感到恐惧，因此恐惧感是我们行动的阻碍，承受相互冲突的驱动力是人类状态的一个重要部分。当面对相互抵触的动机时，我们要带着“当我们获得一些成就时也会失去另一些东西，并且这会影响我们未来的生活方式”的认知思考接下来如何选择和行动。以迷你剧《切尔诺贝利》中的主角瓦莱里·莱加索夫为例，有时这些决定的重量是无法承受的。

短期目标和长期目标

和真实的人一样，那些写得好的、复杂的人物很少只为一个目标所驱动。除了那些贯穿整个故事的长期、远大的目标之外，也有短期的、眼下的目标促使他们一次又一次采取行动。以探案题材为例，一个角色的长期动机可能是破案（使用他们的心理技能），同时要保证安全地探索一个新的环境（好奇心），并保持一段激情热恋。通过使一个角色追求多个目标，我们对生活中的复杂性有了期待，并在故事复杂化的过程中形成张力，加大我们对这个角色的希望（破案，保证安全，实现爱情）和恐惧（未能破案，在这个过程中受到伤害，失去爱情）之间的距离。有时短期目标也可以作为让主角实现长期目标的一种方式。有趣但不意外的是，如果人们设想一系列相互关联的短期目标，那么他们更有可能继续追求一个对个人有意义的长期目标。因此，让你的主角做出一个计划并将其告知观众并不是连接情节、让读者跟上故事发展的偷懒的方法，而是一个许多成功的作者都会运用的技巧。

用选择表现人物

一些写作理论家认为，只有把人物置于压力之下，才能揭示其真实的自我。罗伯特·麦基在其意义深远的著作《故事》中写道："真实的性格表现在一个人在压力下做出的选择中——压力越大，对性格的揭示就越深，能揭示角色本质的选择就越真实。"这种认为我们有深层本质的想法既有趣又复杂。我们已经看到，五因素模型显示了我们以某种方式行事的倾向，最能体现个性。但是，既然我们在不同的情况下、不同的人面前有不同的表现，那么我们在压力下会处于最真实的状态这种说法就是对的吗？可能并不对。大多数人反馈说，当他们感到平静、满足、爱、自由、"处于当下"并以符合社会期待的方式行动时，他们感觉最真实。但是，如果麦基所说的深层本质是指以我们最原始和本能的方式行事的话，那么他是对的。当我们在最大的压力下——生命受到威胁时，我们做出的选择完全是出于本能的，不受意识的控制。惊慌、恐惧或愤怒的情感在我们的潜意识中汇聚，触发我们的生存本能。在这些最具威胁性的情况下，我们通常会以两种不同的方式行事。打架或逃跑的反应似乎更具男性特征；有研究表明，在压力很大的时候，女性更倾向于照顾他人或友善待人。

在战斗或逃跑中，男性对恐惧的反应更为典型，面对威胁依次有四种反应。首先是僵住，这是一种通过创造时间差来了解发生了什么，还能避免被发现；下一个反应是尝试逃跑；如果不成功，接下来就是试图打架，或进行言语攻击，或使用其他积极的应对机制来脱离危险。对于写作者来说，这提供了一些能揭示角色性格的有趣选择。你的角色更可能发动暴力攻击、大声威胁或使用其他聪明但同样具有对抗性的策略来尝试摆脱危险吗？最后，如果战斗反应依然不奏效，那么会出现另一种本能——装死，也就是所谓的紧张性静止行为。

当遭遇严重威胁时，更具女性特质、照顾他人或友善待人的反应中，会经常出现以下两种行为。第一种是自我保护和照顾可能在附近的孩子，以减轻压力和提升安全性；第二种本能反应是在这个危险时期接触可以为自己提供帮助的陌生人并与其成为朋友，或者与现有的朋友增强联系。如果这些是我们对最危险的威胁做出本能反应的典型方式，那么在危险性较低的情况下我们又会做出什么反应呢？当情况十分情绪化但不危及生命时，我们更可能做出冒险的决定，并低估其危险性。在这种情况下，我们体验到的情感可能是愤怒，它简化了决策过程，使我们更有可能利用刻板印象去行动。在情绪不那么激动的情况下，我们通常会根据“直觉”行事，回想过去我们做出类似决定时的情况，然后利用这些记忆预测每一个可能的选择背后会发生什么，同时评估我们有多大的可能实现这些结果。这个结果就是我们在情感上做出的决定。

在迷你剧《切尔诺贝利》前段，主角瓦莱里·莱加索夫被召集到克里姆林宫开会，他不得不决定是否要说明核反应堆的核心肯定已经融化并威胁到数百万人的生命。据推测，莱加索夫一生中从来没有遇到过类似的情况，作为一个内向的人，在向苏联最有权势的人评估核反应堆泄漏事故时不得不坚持己见、指出别人的错误，这让他僵住了，说不出话来。只有当戈尔巴乔夫宣布休会时，莱加索夫才意识到他不能再等了，并迫使自己开口说话。

总结

动机给角色注入生命，给他们指引方向，催生情节，播下冲突的种子。进化心理学认为，动机分为五类，分别与生存、寻找伴侣、亲情、建立友谊和联盟、创造遗产和有意义的生活有关。在这些动机中，关于生存的故事危机感最强，因此最有可能吸引人们的注意力，并且有潜力（如果写得好的话）吸引最多的受众。

大多数虚构故事的中心是一个面对着相互抵触的动机、情感和思想的主人公。他们通常会以一个有意识的外部目标为动机开始他们的故事，这个目标通常涉及变得更加独立、获得资源、提高地位或寻找伴侣，这也反映了生活。故事的中点通常是一个转折点，主人公这时会重新评估这些外部目标。在这时，他们想要感受到与他人更紧密的联系，这种需求通常成为焦点。这种与家人、朋友或其他组织建立联系的需求往往会推动故事的下半部分。在一些关于有强大能力或特别英勇的主人公的故事中，对这种联系的需求也可能会指引主人公创造遗产和更有意义的生活。因此，虽然主人公的目标一般是自私又自我的，但他们的需求通常使他们形成与别人更紧密的联系。你的主人公或许需要修复破裂的关系，建立新的关系，或者让自己坠入爱河。

一旦你确定了主人公的主要动机，是时候想想你故事中的其他主要人物了。对手想要的是什么？又是如何给主角制造障碍的？同样，其他主要角色的目标是什么？这些人物和主人公的目标有什么不同？哪些目标是广泛共享的，哪些其他目标会造成进一步的冲突？还要考虑角色们将如何着手实现他们的目标。如果他们特别有条理且认真负责，他们可能会制定计划，把实现目标的每一步分解成一系列的子目标。或者，如果他们是随心所欲的人物，他们可能会以一种更为无忧无虑的方式生活，而不那么专注于取得成就。

到了现在，你应该对你的角色想要如何行动有了一个相当好的理解。你会对故事走向和主角在这一过程中将要面对的障碍有了大致盘算。这些障碍对大多数角色的变化起着重要的作用。我们已经开始考虑角色如何随着动机的改变而改变。在下一章中，我们将深入挖掘并揭示其他人物何时、为什么以及如何转变。

第五章　人物的转变

变化是生活中不可避免的永恒部分。我们都会经历从出生到变老再到死去的过程。在我们的周遭，季节流转，环境变迁，文化发展。随着年龄的增长，我们作为个体也在发展和变化。我们学习新的技能，获得更多的知识，并被生活中的好事件、坏事件所改变。通过这些改变，我们对生活有了新的认识，对什么是重要的事有了新的信念，并且有了新的人生动机。甚至我们的个性，或者本质的自我，都在不断变化。这些变化是生活中令人着迷的一部分，它们帮助我们从生活经历中汲取意义，塑造我们的身份。这些变化也是绝大多数虚构故事的核心。在这一章中，我们将研究虚构人物通常何时、为什么、如何转变，以及人物的转变如何反映了我们在现实生活中经历的成长。

何时转变

我们转变的方式之一就是变老。在过去的 40 年里，包括丹·麦克亚当斯、丹尼尔·莱文森、乔治·维兰特、罗杰·古尔德和大卫·古特曼在内的心理学家和精神病学家都认为，人类的发展遵循着可预测的生命阶段。在这个过程中，他们沿用了卡尔·荣格、西格蒙德·弗洛伊德和埃里克·埃里克森早期提出的生命阶段框架。心理学家倾向于将我们这些年龄变化分为五个章节：首先是童年，然后是青春期（少年），成年早期（青年），中年期，然后是晚年。我们生命中的每一个章节都拥有属性，有着不同的关注点或主题，这些关注点或主题很重要。对于作家来说，更好地理解这些主题是很有用的，因为它们通常告诉我们不同人生阶段的人物故事。让我们来看看在每个阶段通常会发生什么。

童年（5—12 岁）

对于这个年龄段的孩子来说，重点是如何成为一个有能力的人。随着各类新技能的获得，直到 11 岁之前，儿童的自尊心都在稳步提高。在所有技能中，有一项技能是通过别人的眼睛来看世界。当这种技能发展起来时，孩子们开始通过社会比较来定义自己的自我意识，并考虑自己将如何在这个世界上取得成功。同时，友谊，特别是与其他同性的友谊，变得越来越重要。为了说明这些变化，表 5.1 列出了一些著名的儿童主角，他们的转变和学习新技能与变得更有能力有关。

表 5.1　儿童主角转变的例子

电影 / 小说	主角	转变
《头脑特工队》	莱莉・安德森	学会理解自己的情绪。
《小鬼当家》（1990）	凯文・麦卡利斯特	了解到自己能照顾好自己（但仍然需要父母）。
《玛蒂尔达》（1988）	玛蒂尔达・沃姆伍德	学会运用自己的能力。
《蝇王》（1954）	拉尔夫	了解人类的邪恶能力。

青春期（13—19 岁）

对于大多数青少年来说，在青春期他们主要在寻找自己的身份。为了做到这一点，青少年通常会探索不同的身份，直到他们找到一个最适合自己的情感需求、目标和价值观的身份。忠诚和亲密的友谊变得更加重要，因为青少年主要和同龄人交往，他们有自己独特的价值观和身份。随着青少年越来越独立于家庭，这些同龄人群体在社会支持方面发挥着至关重要的作用。在此期间，青少年也开始通过个人叙事将自己的个人经历编织在一起，从而构建生活的意义。为了说明这一点，表 5.2 举了一些例子，说明青少年电影或小说主人公的转变往往与探索自己的身份有关。

表 5.2　青少年主角转变的例子

电影 / 小说	主角	转变
《伯德小姐》	伯德小姐	获得一种更加完整的身份。
《贱女孩》	凯迪・海伦	探索不同的学校小圈子，直到她的身份得到认同。

续表

电影 / 小说	主角	转变
《艾德里安·莫尔的秘密日记，十三又四分之三岁》（1982）	阿德里安·莫尔	找到他的身份、友谊和人际关系。
《麦田里的守望者》（1951）	霍尔顿·考尔菲德	学会了疏远，最终感觉到自己对身份的探索即将结束。

成年早期（20—39 岁）

现在，他们对自己新发现的身份认同感很满意，这是许多年轻人学习如何处理自己的第一段认真的关系的阶段，也是在工作中找到自己的位置的阶段。许多处于这个阶段的人会被自己对权力和对自由的渴望所驱使，并试图获得收益。在这个阶段开始的时候，他们可能也是第一次面对严肃的责任，并且可能已经开始思考他们的遗产。在整个成年初期，年轻人的自尊心不断提高，30 岁左右提高幅度最大。表 5.3 列举了一些著名电影和小说中早期成年主角的转变实例，这些转变和增加责任与获得收益的愿望有关。

表 5.3　早期成人主角转变的例子

电影 / 小说	主角	转变
《华尔街之狼》	乔丹·贝尔福特	创造财富，然后失去财富。
《穿普拉达的女王》	安德里亚·萨克斯	在工作中增长自信。
《校园秘史》	理查德·帕彭	学会控制自己的生活。

续表

电影 / 小说	主角	转变
《钟形罩》	埃斯特 · 格林伍德	学会如何摆脱恐惧和压力。

中年（40—64 岁）

对许多人来说，中年是一个动荡和转变的时期。这是成长与衰落交会的关键时期。随着晚年生活的临近，人们通常会回顾生活是否如他们所想象的那样，是否达到了他们一直追求的目标，并开始思考余生。如果这听起来很像许多虚构故事中的中点，那么你现在就会明白其中的原因。在中年时期，人们常常开始更多地思考如何才能变得更有“生育能力”，通过与他人建立更有意义的联系，帮助社会上的其他人，以及创造某种他们将留下的遗产。对许多人来说，中年是一个压力很大的时期，可能涉及工作中的额外责任，照顾孩子和年迈的父母，以及一个与现实相符的抱负。许多研究表明，幸福感和生活满意度在中年时达到低点，但不是每个人都遵循这个轨迹。

中年危机是一种普遍存在的刻板印象，似乎只影响到这个年龄段的美国成年人中的 10% 至 20%。对于高度活跃和有创造力的人来说，中年往往是他们生命中的一个高峰，当他们平衡好冲突中的对个人能动性（对地位、支配和控制的需求）和交流（对关系、温暖和爱的渴望）的欲望，并取得许多伟大的成就时，无论人们在生活中是否感觉更快乐，他们的自尊心都会一直提高到 60 岁。表 5.4 列出了一些著名的虚构主角的例子，他们在中年经历了一段动荡时期或重新评估了自己的生活。

表 5.4　中年主角转变的例子

电影 / 小说	主角	转变
《鸟人》（2014）	里根 · 汤姆森	在赞誉中得到认可。
《末路狂花》（1991）	塞尔玛与路易斯	获得独立和自由。
《白日的诞生》	科莱特	学会在没有爱情的生活中感受快乐。
《达洛维夫人》	克拉丽莎 · 达洛维	学会接受自己现在的生活。

晚年（65 岁之后）

在人生的最后阶段，人们通常更关心保存和维护自己所拥有的东西，而不是获得新的东西或技能。在这个阶段的早期，人们享受友谊，并且在当下发现更多的意义。在这段时间里，幸福感会增加，压力会减少。在生命的最后阶段，人们常常回顾过去，反思自己是否生活得很好，是否做出了正确的选择。成就感让人感到自我完满，但未能实现的生活目标却使人感到绝望。表 5.5 列出了一些著名的虚构角色在他们晚年的例子，他们要么选择实现一个终身的梦想，要么找到了另一种方式来保持自己的成就感。

表 5.5　老年主角转变的例子

电影 / 小说	主角	转变
《爱》（2012）	乔治·洛朗	完成对妻子的承诺，实现自我完满。
《涉外大饭店》（2011）	伊芙琳	实现了自我独立。
《飞屋环游记》	卡尔·弗雷德里克森	实现了一生的梦想。
《老人与海》	圣地亚哥	接受生命的自然规律。

为何转变

在发现了人们通常什么时候会改变之后，现在来看看人们发生改变的更多原因。你不需要这本书来告诉你我们是被自己的生活经历所塑造的，我们生活中一些最重要和最有意义的事情是非常情绪化的。我们可以通过情感的高潮，也就是所谓的高峰体验，以积极的方式改变自己。创伤性事件可能会让我们感到恐惧和痛苦。当我们克服了一个巨大的困难和挑战，并以此为转折点，随后我们会被赋予能量。心理学家发现，这些改变人生的事件有助于解释一个人是如何随着时间的推移而改变或保持不变的。在最好的小说中，这些都是将人物与情节联系在一起的与情感有关的极端时刻。

在为我们的故事建立一个结构框架的同时，这一框架也定义了主人公情感旅程中最重要的时刻。通过引起情感共鸣，这些角色不断吸引着观众和读者。

高峰体验

高峰体验是一个人生命中的巅峰。它是带来强烈喜悦、实现内心平静、感受到强大生命力、超越自我，或是体验到自己的全部潜能的时刻。这种体验往往伴随着时间或地点的丧失感。有些人在欣赏令人敬畏的自然景色时会体验到这些高潮。对于有些人来说，触发因素可能是性爱、分娩、极限运动、宗教、科学、艺术、创造性工作或反省。据报道，这些经历通过增加幸福感和意义感使生活变得更好。为了更好地说明，表 5.6 展示了一些知名电影中主人公通过高峰体验完成转变的案例。

表 5.6　主角在高峰体验中转变的例子

电影	主角	高峰体验	转变
《阿凡达》（2009）	杰克·萨利	与阿凡达化身合一。 第一次骑着伊卡兰。 成为纳威人的一员。 聆听祖先的声音。 和奈特莉做爱。	充分欣赏生活。 连接到纳威人。 找到了意义。
《美丽心灵》（2001）	约翰·纳什	领悟数学公式。 获得诺贝尔奖。	重获新生与事业。
《烈火战车》（1981）	哈罗德·亚伯拉罕	参加各种比赛。 赢得奥运金牌。	克服自卑感。

低点

生活中的情感低谷对于塑造我们的生活方式同样重要。大多数人会把压力性的生活事件当作有用的学习经历，他们往往可以很好地恢复过来，在这个过程中他们经历了积极的心理成长，但当事件特别令人恐惧或痛苦时，可能会发展为抑郁症、焦虑症或创伤后应激障碍（PTSD）。这些创伤包括成为暴力袭击、性虐待、伤害事件的受害者，失去亲人，或目睹暴力死亡，看到家庭成员受伤或濒临死亡，被诊断出患有危及生命的疾病，经历自然灾害，参与军事战斗或被扣为人质。大约三分之一经历过这些事件的人都会患上创伤后应激障碍，这意味着他们会通过闪回或噩梦重温创伤性事件，他们也可能经历孤立和内疚。对于一些人来说，创伤后应激障碍是在痛苦事件发生后立即产生的，但是对于有些人来说创伤后应激障碍（包括与儿童期虐待有关的应激障碍）可能要在几个月甚至几年后才出现。康复通常包括通过友谊、工作和兴趣爱好，慢慢重建与他人的信任，并辅以创伤治疗。性格也影响着我们从困难中恢复过来的方式。心理学家发现，情感更稳定的人，在亲和性、开放性和外向性方面更强的人，在遇到创伤性事件后更有可能经历积极的心理成长。这可能包括更加欣赏生活、更加乐观、更加幸福，以及与他人建立更深层次的关系。在表 5.7 中，我们探讨了一些电影的主人公在低谷中是如何转变的。

表 5.7　主角在低点中转变的例子

电影	主角	低点	转变
《不留痕迹》（2018）	托马森・麦肯齐	被迫离开州立公园里的家（离开家庭）。	认识到必须为自己的生活做主。

续表

电影	主角	低点	转变
《海边的曼彻斯特》（2016）	李・钱德勒	在火灾中失去孩子。	与侄子的关系让自己从创伤后应激障碍中恢复。
《万物理论》	史蒂芬・霍金	被诊断为神经元疾病。	全身心投入工作，积极进行心理建设。

转折点

我们生活中的转折点是那些能显著改变生活的事件。它们通常与那些让我们从依赖走向自主的事件有关，也可能是我们不得不做出重大决定的时刻。这些事件包括自我控制、获得更高的地位、重大的成就、承担重大责任或授权。其他转折点包括对生活的深刻认识，这可能与我们的身份有关。通过这种认识，我们可能会发现生活中新的目标或使命。一些著名电影主角在转折点发生改变的例子见表 5.8。

表 5.8　主角在转折点转变的例子

电影	主角	转折点	转变
《不留痕迹》（2018）	汤姆	在没有父亲的情况下重返社会。	为自己生活。
《末路狂花》（1991）	塞尔玛与路易丝	决定继续逃亡。	第一次感觉自己被赋予了力量。
《龙威小子》（1984）	丹尼尔	掌握绝技。	体验到成就感。

怎么转变

在研究了人们通常什么时候会发生变化，以及为什么会发生变化之后，我们现在来看看人们是如何发生变化的。这种变化影响了我们性格的三个方面：随着年龄的增长，我们的个性逐渐成熟；动机也发生了本质改变；我们的信念由自己的生活经验和道德所塑造。在接下来的章节中，我们将更全面地看到这三个方面变化的细节。

个性发展

虽然人格通常被认为是稳定的，但实际上它是在我们的一生中不断发展和成熟的。五大维度从儿童早期开始出现，到了青少年晚期，年轻人已经发展出了一个相对稳定的人格。随着年龄的增长，我们通常会变得更加情绪稳定、外向、开放和亲和，直到这些特质在中年达到顶峰。随着年龄的增长，我们可能变得更加神经质、内向、不愿体验新事物、固执，但也变得越来越尽责。尽责性和亲和性的提高可能有助于解释为什么随着年龄的增长，我们变得更加注重归属感和共鸣的需求，以及为什么我们更有可能参加有益于他人的群体活动。

动机的改变

早期成年生活通常被自私的、能动性的欲望支配，这些欲望与获得收益和更多的权力和自主权有关。中年期是对这类目标进行重新评估的时期。随着年龄的增长，我们通常会受到更多共同目标的驱使，包括归属感的需求，与他人建立更有意义的关系。如果我们特别有创造力，会为能否创造出引以为傲的成就这种动机驱使。因此，动机变化的一般模式是从更自私的追求到更无私的追求，正如在大多数西方故事中呈现的主人公动机的变化一样。在表5.9中，罗列了一些著名电影主人公动机变化的经典例子。

表5.9 电影主角动机变化的例子

电影	主角	最初的追求	后来的共同追求
《达拉斯买家俱乐部》	罗恩·伍德鲁夫	为了赚钱，卖抗逆转录病毒的药物。	帮助俱乐部中患病的成员。
《阿凡达》（2009）	杰克·萨利	重新站立。	帮助纳威人保护家园。
《永不妥协》（1993）	艾琳·布罗科维奇	赚钱。	帮助客户获得他们应获得的安置。
《辛德勒的名单》	奥斯卡·辛德勒	为工厂获取廉价劳动力。	拯救自己工厂里会被纳粹处死的犹太工人。

虽然大多数关于动机变化的研究都集中在西方受过教育的、工业化的、富裕的、民主的人身上，但对人类道德发展的研究表明，随着年龄的增长，人们越来越无私、越来越关心他人的趋势是普遍存在的。这并不是说每个人都会经历这样的过程，也不是说每个人随着年龄的增长都会经历同样程度的动机变化。一些人在逐渐成熟的某个时间，会突然变得对他人很有积极影响，例如《辛德勒的名单》中的辛德勒。一般人的改变虽不及辛德勒，但是他们的动机改变仍然如前文所述，大致的方向是一样的。例如在美国传记喜剧片《绿

皮书》中，主角托尼·利普接受唐·雪莉博士的司机工作，最初的动机是获得薪水。随着情节的发展，他开始克服自己的种族主义态度，与雪莉博士建立了亲密关系，与妻子的关系也变得更加亲密。尽管他的动机变化不那么明显，但我们还是看到了一种从自私到无私的普遍模式。有趣且值得注意的是，贯穿我们整个生命历程的动机变化通常要历经多年，但在电影的故事时间中，往往被压缩至几个月，有时甚至几天。这是一个相当显著的变化！

改变信念

由于生活经历改变了我们，我们对世界的信念也会随之发生变化。我们的信念是由自己一路上遇到的人、生活中的重大转变，以及周围发生的重大事件所塑造的。由于人们的选择和行为会受到个人信念的影响，因此人物的信念如何影响他的行为，以及他的信念如何被故事叙述中的事件所改变，都是作家需要考虑的重要因素。让我们来看看这个领域中一些最有用的心理学研究，它们有助于我们创造更有吸引力的角色。

我们对世界的早期信念受到家庭和其他重要照顾者的影响。同样，与父母关系良好的子女更有可能信念父母的宗教。相比之下，那些思想开放的人更有可能接受不同的观点，也更愿意接受关于世界的新观点。正如我们所预料的那样，那些思想封闭的人则不会考虑自己不熟悉的想法，因此观点更加保守。

以下几个点可以解释为什么人们会改变自己的信念。第一，如果他们的环境或生活经历与他们的信念不一致，他们的行为会带来消极的后果，让他们深陷痛苦。第二，他们与喜欢和信任但持有不同观点的人发展关系，当发现自己持有新信念后，产生了一个有益的过程，这种积极的感觉让他们将新的信念内化。例如，《阿凡达》（2009）中的主人公杰克·萨利在遇见他的爱人奈特莉后，通过她的视角看到了潘多拉星球的世界。在接受了她更多的精神观点后，杰克拥有了新的人生意义和目标。当我们看到杰克开始按照这些新的信念行事时，我们也看到他的信念已经发生了转变。信念转变的第三个原因是，强烈的情感体验会使他们重新评估自己的生活态度，甚至是生活哲学。经历积极心理成长的创伤幸存者常说，在康复后，他们发现更容易与他人相处，看到新的可能性，充分利用每一天，并试图享受生活的各个方面。对于一些经历过强烈情感体验的人来说，他们的信念得到了加强，而另一些人则变得愤世嫉俗，不那么虔诚。

总结

我们在许多小说、电影和电视剧中看到的经典的人物转型模式，集中反映了我们自己在现实生活中所经历的变化。其中一些变化与我们在人生的不同阶段有关（童年、青少年时期、成年早期、中年和晚年），在这些阶段中，我们首先获得技能，变得更有能力、更自主，并探索自己的身份认同感，继而追求那些能让自己有成就感的目标，并承担起责任；在人生的中点，我们通常会重新评估早期生活的动机带领自己行进的方向是否是自己真心想要的，然后在以后的生活中追求更多的共同目标。这些生命阶段反映了我们的动机从更自我的目标转变为更集体的目标，与此同时，我们的个性也发生了变化，直到晚年，我们变得更有责任心和更愉快。除了生活中的这些发展变化之外，我们也被情感激烈的生活事件所改变，这些事件以高峰、低谷和转折点的形式出现。这些事件改变了我们的信念，为我们的生活和故事提供了结构，并赋予它们意义，是我们用来解释“我是谁”“我成了谁”的事件。就像通过解释我们如何处理发生在自己身上的事情来理解自己的生活一样，我们也从故事人物在虚构生活中学到的方式里获得意义。表 5.10 总结了虚构人物在成年后的动机、幸福感、自尊和个性的主要变化，这些变化影响了许多虚构人物的旅程。

表 5.10　整个成年期动机、幸福感、自尊和个性的主要转变

	成年早期（20—39 岁）	中年（40—64 岁）	晚年（65 岁以后）
动机	能动性动机 赚钱 获取更多权力和自主权 为未来而活	重新评估动机 符合现实的野心 应对额外的责任	共同的动机 发展更有意义的关系 名垂青史
幸福感	增加幸福感	最不开心的阶段	乐在当下
自尊	提升自尊心	提升自尊心	自尊心减弱
个性	情感变稳定 外向 令人愉快 认真负责	更加认真小心 情绪稳定 外向 最亲和、合群	更加小心 神经质 内向 思想不再开放 不亲和、不合群

在这一章中，我们已经揭示了为什么情感激烈的生活事件会以转折点、高峰和低谷的形式创造大多数虚构故事的结构。在下一章中，我们将继续研究这些事件如何交织在一起创造主人公的情感旅程，以及为什么情感，包括那些由小说引起的情感，可以对人类行为施加如此强大的力量。

第六章　情感之旅

讲故事是一种情感体验。无论我们是写故事、读小说、看电影还是听广播剧，其中都有情感的参与。根据心境的差异，我们会阅读不同类型的小说，或者可能更擅长描写不同类型的场景。有时我们想暂时忘却一周的忙碌，稍事休息，娱乐一下；有时我们想开怀大笑，想收获感动，或者尝试在生活中追寻更多意义。不同形式的小说恰恰能通过塑造角色为我们提供种种的情感体验，而那些角色引起我们的关注，把我们代入其中，踏上丰富的情感之旅。

情感对人类行为有着非常强大的影响。情感建构我们的世界观，形塑我们的记忆，引导我们的社交关系，指引我们做出选择。在本章中，我们将探讨如何更好地理解我们与角色情感互动的过程，从而帮助写作者创造出更吸引人的角色。我们将研究六种基本而普遍的情感，以及更多对讲故事的人来说特别有力的情感。在本章中，我们还会了解为何情感经历多样的角色更能吸引人。具体而言，我们将研究六种最常见的情感故事弧线。最后，我们将仔细研究怎样为故事作结尾。

如何与角色共情

早期的研究人员认为，电影观众会通过共情和情感感染的过程认同虚构出来的角色，在此过程中，表现力强的角色会在观众心里引发类似的情感。镜像神经元被认为可以解释情感感染的过程，这种神经元在我们看到某人做某个动作时会被激活，但最近的研究表明，几乎没有证据能够说明确实是它发挥了作用。问题还在于，这套情感感染的理论无法解释当我们面对违背道德的角色时，我们为什么不共情。

为了解释这个问题，认知心理学家多尔夫·齐尔曼和乔安妮·坎托提出了自己的理论，他们认为观众自身会对角色进行道德判断，从而形成情感上的偏见。在他们所著的《情感性格理论》中，齐尔曼和坎托认为，当善良的主角在故事中收获积极的结果，而反派遭到消极的惩罚时，观众会体验到愉悦的感受。也就是说，我们喜欢那些反映我们对“公正世界”的日常感受的故事。如果你觉得以上的理论已经够了，可以直接跳过这个部分，但如果你想了解观众对角色道德品质的主观判断为何重要，请继续读下去。

进化生物学家罗伯特·特里弗斯发现，人类建立社会关系的基础，其实是一个控制着我们道德情感的系统。例如我们会和最可能帮助自己的人建立友谊，我们也会避开或惩罚那些说谎的人。在我们的祖先生活的环境中，这些技能对于个人和家族的生存都至关重要。特里弗斯提出，我们的道德情感，包括爱、同情、感激、钦佩和升华，是为了发展一群重要的朋友。而其他道德情感，包括厌恶和谩骂攻击，则是为了保护我们免受他人伤害。道德情感可以解释我们为何会与那些正派角色产生共情，我们又为何会代入这些角色，被他们的情感之旅打动，以及我们为什么希望他们的行动能获得积极的结果。我们支持自己信任的主角，倘若他们真实存在的话，我们很可能和他成为好朋友。此外，越是感到角色与自身经历相似，就越会被故事深深打动。

想让读者认同角色，最常用的一项技巧就是向读者展示怎么用可靠的方法处理一个常见的麻烦。让我们来看看编剧菲比·沃勒-布里奇在《伦敦生活》（2016—2019）试播集开头是怎么做的。

内景 Fleabag 的公寓 走廊 夜 1

一扇前门内，Fleabag 的主观视角。

Fleabag 离门几步远，她看着门，仿佛随时准备扑过去。脏污的妆容，头发蓬乱。上气不接下气。

一扇前门内，Fleabag 的主观视角。镜头中出现 Fleabag。她转身面向镜头。

Fleabag:

（认真，微痛）你知道那种感觉吗？你爱的男人在周二凌晨两点给你发短信，问他能不能“来找你”，而你不巧已经休息了，于是你不得不起床，喝半瓶酒，冲个澡，把多余的毛发剃光，穿上性感的特工制服，拉上吊带，在门边等着铃响。（铃响了）然后你给他开门，不经意地装出你快忘了他要过来的样子。

通过这段介绍，我们是如何对Fleabag这个角色产生认同的呢？首先，这部剧的目标受众中或许有很多人会认同Fleabag所处的尴尬且极不方便的情境。其次，角色讲述自己故事的方式很有趣，这让她更受欢迎。看得出来她很在意社会关系，而且愿意和那些人打交道。Fleabag的幽默感部分来自她那种叫人不由得放下戒备的诚实品质。这个角色信任观众，反过来也促使观众信任她——这是积极关系的重要品质。幽默也是一种吸引人的品质：它是智慧的标志，也是一种很好的交往策略，拥有这种特质的人会让我们很想花时间与之相处。总之，我们很快就对Fleabag产生了认同感，因为她似乎和一般人的生活经验类似：她看起来值得信赖，又充满魅力。我们当然就能接纳这个角色。

我们的道德情感也可以说明为什么我们能这么容易识别出不可信的角色，为什么我们对反派角色几乎没有一点同情，为什么我们希望坏人得到应有的惩罚。这还说明了为什么我们一旦对虚构人物形成特定印象，此后便极少发生改变。所以，当我们喜欢的角色表现出在我们看来不甚道德的行为时，我们往往会从角色身上抽离出来——就像在朋友表现出我们不赞同的行为时，我们也会选择忽视。我们的道德情感也会让我们在一群不可信的角色中，宁愿同不那么招人喜欢的主角站在一边。作为读者和观众，我们与虚构人物的关系其实也代表了我们所建立的真实友谊关系。无论是虚构的还是真实的，我们都可以从遇见的人中找到最好的朋友。

撇开这个理论不谈，让我们来看看美国独立电影《三块广告牌》中的主人公米尔德里德·海耶斯的例子。当她刚登场时，我们很难用“令人同情”或“讨人喜欢”来形容她。相反，她直言不讳，性情乖戾，只为自己的利益着想。然而，当我们得知她的唯一目标是为她惨遭奸杀的女儿伸张正义时，我们才意识到，米尔德里德并不是以自我为中心，而是在无私地做着正确的事情。她行事鲁莽的作风立刻得到了原谅，我们认同她是个好人，她完全值得同情。

性格和情感

心理学家发现，我们的性格对我们体验世界的方式有着重要的作用。外向的人通常更加快乐、热情、活跃、自信、精力充沛而善于交际，而内向的人则更中性、安静、保守而冷漠。这意味着外向者对世界的情感体验与内向者是完全不同的。对于外向的人来说，与他人交往是一种有益的体验，能感到快乐。相比之下，内向的人在独处或与一两个亲近的人在一起时感觉更舒服。

神经敏感是另一种人格维度，它在我们感知世界的方式中扮演着重要角色。情绪不稳定的人更容易发生情感起伏，也更容易感到焦虑。由于他们往往更敏感，所以一旦事情的走向和意愿相违背便容易失落或生气。这可能会导致刺痛或愤怒的感觉。相比之下，情绪稳定的人更能对生活处之淡然，很少感到烦躁，心态也十分平稳。

当我们谈到人们体验世界的不同方式时，我们指的是哪种情感？有多少种情感？其中哪一种对写作最重要？在接下来的章节中，我们将仔细研究普遍性的情感，它们具体是哪些情感，以及在塑造角色时为什么考虑这些情感是至关重要的。

六种普遍存在的基本情感

有些情感在人们的生活里普遍存在，这一观点已经存在了几百年，甚至上千年之久。1872 年，查尔斯·达尔文观察到，来自不同文化环境的年轻人和老年人通过同样的动作表达相同的精神状态。他猜想这些情感及其表现方式一定是天生的。大约一百年后，美国心理学家保罗·艾克曼开始研究达尔文的观点是否正确。在巴布亚新几内亚旅行时，他向与世隔绝的原始部落人类展示了各种表情的照片。当他问他们在特定情况下会表现出何种情感时，他发现他们挑出了与北美受试者相同的六种情感——愤怒、恐惧、厌恶、快乐、悲伤和惊讶。他因此得出结论——这六种基本情感都可通过面部表情传达出来，不同的文化都对它们有非常相似的识别和理解，这些基本情感一定是为了帮助我们处理基本的生活事务而进化出来的。插个题外话，其中五种情感——愤怒、恐惧、厌恶、快乐和悲伤在皮克斯 2015 年的电影《头脑特工队》中被拟人化表现，这并非巧合。艾克曼在这部电影中担任顾问。导演彼得·多克特显然放弃了第六种情感——惊讶，因为他觉得只用五种情感来表现的故事情节会更加精彩。回到我们的主题，接下来，让我们依次详述这六种基本情感。

愤怒

愤怒是我们最原始的情感之一，关乎我们的生存。愤怒是我们适应生存的一种方式，我们坚持自己认为正确的事情，从而抵御威胁、争夺资源和维护社会规范。当我们对情况的预期和现实结果之间不匹配时，愤怒就产生了。我们的愤怒程度取决于境况、个性、年龄和生活阅历。和那些让我们心烦的朋友走得越近，我们就越会感到愤怒和受伤。青春期的少女尤其是这样。那些令人讨厌、神经质但又很不认真严谨的人更容易表达愤怒。与年轻人和孩子相比，老年人一般较少表达愤怒，这也许是因为他们更善于冷静地对待自己的情感。

就故事情节发展而言，愤怒是一种有力的动机性因素。《三块广告牌》中的米尔德里德·海耶斯便证明了这一点。对于警方没有采取行动去找奸杀她女儿的凶手，她感到愤怒，而这便是她踏上整个旅程的动机。愤怒会使我们更加冲动、自满和鲁莽。愤怒也会让我们更容易低估事情出错的可能性。愤怒还会让我们对自己族群以外的人有所排斥，更有可能寻找替罪羊。

恐惧

恐惧也是我们最原始的情感之一，关乎我们的生存。正如在第四章中看到的，在某些情况下，恐惧会促使我们尽快逃离危险。而在其他情况下，我们可能会尝试斗争、照顾孩子或与有可能帮助我们的人成为朋友。既然恐惧包含着令人不安的强烈情绪，那为什么许多人都喜欢故事中的恐怖情节呢？学者们认为其中一个原因是，当我们读到或看到一个角色面临着险境，但最终适应并存活下来的时候，我们自身也会感到替代性刺激。随着思维的进化，当我们的行动有利于生存时，头脑会奖励我们，所以当我们看到一个角色在可怕的情况下做出好的决定，从而生存下来的时候，我们会体验到相同的愉悦感。另一种理论是“磨难模拟假说”，该理论认为，风险高但威胁事件少的虚构故事能训练我们的反应，一旦厄运降临到我们身上时，我们便能以最好的方式应对。惊险的故事可能是对磨难的模拟，通过这些磨难，我们可以看到不同行动带来的结果。

尽管生活中的许多困难都会引发恐惧感，但多数人还是懂得怎么克服它们。情感比较稳定的人更容易度过这些有点可怕和艰难的困境。在前一章中，我们提到了恐惧在角色经历艰难事件发生转变时起到的作用。当某个角色面临着特别可怕的创伤，并且情况不受控制时，从现实生活的结果来看，他们很可能已经经历长期焦虑和抑郁，甚至患上了创伤后应激障碍。相比之下，如果一个角色所面临的创伤不那么可怕，可怕的事物或事件在自己的掌控范围内，他们便能从中恢复得很好，甚至能在创伤后成长。

厌恶

另一种最古老的情感——厌恶——我们将它视为一种保护方式，如同机体保护我们不受病原体感染。这可能包括某些食物中的病原体，或携带传染性疾病者的体内的病原体。尽管厌恶对我们的生存来说至关重要，但它也助长了仇外情感和某些对其他族群成员的敌意。对厌恶更敏感的人往往会觉得自己所在的群体更有吸引力，而对其他群体的看法则更消极。厌恶的另外两种形式是性厌恶和道德厌恶。对于那些没有吸引力的潜在伴侣或行为，我们会感到性厌恶，而道德厌恶则是对我们觉得不道德的行为产生的厌恶。

尽管厌恶有进化的根源，但由于它的形成离不开社会条件，所以不同的文化体会对不同的食物、性行为和社交活动产生厌恶。例如，北美人更有可能对限制个人权利、自由或尊严的行为感到道德厌恶，而日本人则更容易对限制他们融入社会的行为感到厌恶。

厌恶或许能对虚构人物的表现方式提供很大的启发。除了严重的道德错误以外，《冰与火之歌》中的提利昂·兰尼斯特并不会对其他的事物感到厌恶。他愿意体验，对性行为持开放态度，并且对其他群体的想法很感兴趣。反观剧中的其他角色，包括瑟曦和丹妮莉丝·坦格利安，对他人道德败坏的厌恶，尤其是对其他群体成员的厌恶，就足以成为他们杀人的动机。

快乐

快乐包含的情感范畴很广，从娱乐、满足到欣然喜悦。心理学家认为，这些愉快的感觉具有重要的功能，它能打开我们的眼界，并鼓舞我们探索新的理念和行动。以《阿凡达》（2009）中截瘫的主角杰克·萨利为例，当他第一次以阿凡达的形态奔跑时，他所体验到的愉悦似乎有助于拓展他的思维，进入奇妙的潘多拉世界，并由此产生关于纳威人的新想法。就像我们在第五章中所看到的那样，当特别强烈的积极情感激发出角色情感旅程中的高峰体验时，这些高峰体验也许和角色经历的低谷感受一样具有转变作用。

悲伤

悲伤是人类经验中另一种普遍且不可避免的情感。它以情感痛苦为特征，与失落、不利、绝望、痛苦、无助或悲哀的感觉有关。这些感觉将我们的注意力转向内部，或许是为了让我们从忙忙碌碌的生活中抽出时间，以便能接受自己的损失，并对目标和计划进行评估修改。正是由于这个原因，从创作虚构人物的角度来看，悲伤是种非常有用的重要情感。如果角色的情感痛苦非常严重，那么故事情节的低谷段落可能会让他们重新评估计划并调整策略。就像我们在前一章所看到的那样，低谷段落在角色转变的过程中发挥着重要的作用。

低谷段落不仅有助于联系情节与人物情感，也能强化读者和观众的共情体验。一些研究人员认为，我们喜欢动人的故事，是因为它们提供了一个安全的环境，让我们能了解角色是如何面对那些我们自己可能经历过或将来可能经历的困难事件的。这就能让我们对如何更好地解决困难产生深刻见解，或者能让我们有机会去尝试并从中得出一些意义。

惊讶

惊讶感既可能是好的，也可能是坏的或中性的，程度也有所不同，从冷漠的感觉到引起“是斗还是逃”判断的强烈反应。我们对未来的预期和实际情况反差越大，惊讶感就越大。由于我们经常会忽视意外降临前的微小信号，因此为了让故事更有说服力，我们应该在其中设置惊喜或叙事反转，不要让读者和观众第一遍阅读或观看时便发现，而要等再次回顾整个故事时，让一切变得清晰起来。例如，在首次观看超自然电影《第六感》（1999）时，观众会被误导，以为故事是客观叙述，而非由主人公马尔科姆进行的主观叙述，因为我们也从其他角色的视角来观看故事场景，而非仅仅从马尔科姆的视角观看。尽管如此，这部电影通过精心设计让观众感觉连贯和信服，因为我们代入电影的情感视角依然是一样的。我们之所以能经历和马尔科姆一样的震惊和情感宣泄，正是令人惊讶的结局在发挥作用。当我们回过头重看这部电影，会发现一些此前可能没有留意过的微小信号，这些信号有关马尔科姆的死亡，也包括他是主观叙述者这一事实。

更多普遍存在的情感

在提出六种基本情感几年后，艾克曼扩大他的列表，纳入了更全面的情感，这些情感并非都通过面部表情来传达。心理学家还为下列情感提供了普遍存在的证据：娱乐、敬畏、蔑视、满足、欲望、兴奋、尴尬、内疚、兴趣、嫉妒、爱、痛苦、骄傲、满足、羞愧、同情和紧张。在此不综述这些情感背后的心理机制，我们只探讨四种可能对塑造角色特别有用的情感。它们是振奋、敬畏、羞愧和紧张。

振奋

如果一部电影或小说主角的行为特别善良或勇敢，给你留下了独特的温暖感受，并且使你大为感动，激发了你的善心，那么这种情感就叫作振奋（也称为道德升华）。看着人们友爱、有同情心、善良、慈爱、自我牺牲、勇气、宽恕、忠诚或其他能给人“道德美”感受的行为，便能激发出振奋人心的情感。

看到或读到他人的这些行为，可能会带来十分强烈的感受，它可以荡涤你的思想，消除悲观或愤世嫉俗的感觉，代之以希望、爱和道德鼓舞。作为一名作家，如果你想创造一个鼓舞人心和激励他人的故事，那么“振奋”这种情感无疑是你最重要的保留节目。表 6.1 列举了几个电影主角的例子，他们高尚的道德和行为有可能唤起电影观众的情感升华。

表 6.1　电影主人公鼓舞人心的行动示例

电影	主人公	鼓舞人心的、令人振奋的行动
《冬天的骨头》	芮・多利	对家人表现出勇气和忠诚。
《卢旺达饭店》	保罗・鲁塞萨巴吉纳	拯救图西族难民。
《阿甘正传》	阿甘	表现出非凡的善良和忠诚。

续表

电影	主人公	鼓舞人心的、令人振奋的行动
《辛德勒的名单》	奥斯卡·辛德勒	从奥斯威辛集中营拯救犹太人时表现出勇气、同情心和自我牺牲精神。

敬畏

敬畏有时被描述为对大自然的一种绝对的崇敬、钦佩和联结，它是由力量感和宏伟感所唤起的。敬畏感通常会让我们对自己的生活和身处世界的地位有全新的见解。如同振奋的情感一样，对于那些想要激发读者和观众新感觉的作者来说，敬畏是另一种强大的情感。令人敬畏的时刻包括凝视广阔的自然风光，历经精神层面的邂逅，聆听一位富有魅力与影响力的领袖讲话，欣赏令人敬畏的音乐，甚至弄懂或创造出一套宏大理论。

这些敬畏的正面体验与“惊叹”这个词有关，但还有一类令人敬畏的体验与恐惧或害怕有关，这种体验有时会被描述为可怕。这些带来无力感和恐惧感的体验可能来自凝望宇宙、目睹极度可怕的自然现象或遭遇自然灾害。表 6.2 列举了一些电影片段，这些电影的主人公都体验了积极或消极的敬畏感。

表 6.2　电影主人公经历敬畏时刻示例

电影	主人公	令人敬畏的场景
《银翼杀手 2049》	K	史诗开幕场景。
《万物理论》	史蒂芬·霍金	发明了黑洞理论。

续表

电影	主人公	令人敬畏的场景
《阿凡达》（2009）	杰克·萨利	聆听灵魂之树下祖先们的声音。
《荒野生存》（2007）	克里斯托弗·麦坎德利斯	在山顶上眺望壮丽的景色。
《第三类接触》	罗伊·尼瑞	看到外星人从母舰上出来，在最后一幕说再见。
《2001：太空漫游》（1968）	大卫·鲍曼博士	投掷骨头的场景、出现星际之门的场景。

紧张

无须赘言，紧张感以及与之相关的悬念，是每一位想成为大师的作家都应当掌握的最重要的情感之一。很多故事、电影、电视剧、广播剧和小说都是通过营造紧张感来吸引观众的。从心理学的角度来看，紧张源自冲突、不稳定、不确定或不和谐的状态，在这些状态中，读者需要对具有情感意义的事情持有两种相反的信念（这种情感意义是关键）。这些状态会让读者自己预测接下来会发生什么，并期待缓解这种不稳定或紧张的局面。有趣的是，这些相同的原则既适用于音乐，也适用于故事——只要回想一下在紧张刺激的时刻通常使用的配乐，你就会发现它们是不和谐或不稳定的音响，而且我们期待着音响归于平静。与解决这种紧张相关的是大脑快乐中心的奖励机制，以及故事中描述的在社会环境中学习的潜力。

关于这点，你可能很好奇为什么我们要在一本讲述塑造人物的书中讨论紧张感，似乎紧张感主要和故事情节相关。原因是：要创造一个悬疑的故事，你的观众需要关心故事接下来如何发展。他们需要对你的角色投入情感，进而为之产生希望和恐惧。研究人员莱纳和凯尔奇的理论认为，人们对角色期望的最好结果和担心的最坏结果之间差距越大，紧张感就越强。

2019 年的迷你电视剧《切尔诺贝利》是打造屏幕紧张感的成功典范。首先，它呈现给我们几个令人信服和同情的主角，我们在他们身上投注了情感。然后，它向我们展示了这些人物和其他数百万人的生活，以及这些人的生活如何暴露在无法估量的危险中。我们对这些角色的希望和恐惧之间有着鸿沟，数百万条人命可能处于危险之中。该剧取材于 1986 年切尔诺贝利核电站灾难性核事故，而当时真相大多被掩盖起来，这种行为进一步加剧了紧张氛围。让观众沉迷的另一个重要因素是贯穿整个故事的表现张力。在开头部分，清理现场的尝试没有成功，由此造成的危险在持续增加。于是在观众看来矛盾冲突在不断增长，直到整个电视剧完结。

羞耻

羞耻和内疚是一种自我惩罚，它表明承认自己违背社会规范。内疚关联的感觉通常是我们需要弥补自己的过错或至少承认错误，不过羞耻关联的感觉却是人们很想通过躲藏、消失或逃避的方式，把自己同自己的行为区分开来。同样地，感到内疚的人往往希望自己没做过那些事，感到羞耻的人往往觉得他们几乎控制不了局面，并埋怨事情本身的走向。羞耻是一种更强烈、更令人痛苦的情感，是一种能代替他人体验的感觉，尤其是当我们认为自己的社会身份和当事人相同时。这意味着如果我们对虚构的主角认同感越高，就越会意识到自己与他们相似，因此越能体会到主角的羞耻感。以瑞典英格玛·伯格曼 1968 年的电影《羞耻》中的主角伊娃和杨为例，随着故事的展开，我们越来越认同他们，越来越替他们感到羞耻，因为战争的缘故，他们被迫做出以前从未想象过的事。

情感集合

能够有效运用单一情感，只是创造更多迷人角色的一部分。我们还需要明白，当读者沉浸在故事中时，他们似乎很喜欢体验各种各样的情感，这能够促使他们紧跟故事线索。即便我们只考虑现实生活中普通的一天，那么在与家人、同事、朋友和陌生人的互动中，我们也通常会经历各种各样的情感。在大多数日子里，这些可能是温和的情感体验，但它们仍然丰富多彩，包括兴趣、愉悦、恼怒、失望、内疚和骄傲。鉴于大多数虚构主人公的情感体验似乎比我们日常生活中所经历的各种情感更加强烈——这是创作故事的必要条件，可以将读者的注意力从他们的真实经历上转移开来——所以当我们看到没什么吸引力的虚构故事时，我们将其解读为情感“单薄”“无聊”或“一个调子”，也就不足为奇了。

表 6.3 《阿凡达》（2009）中展示主角一系列情感的情景示例

情感	示例场景
愤怒	目睹夸奇的军队毁掉家园树。
恐惧	被闪雷兽袭击。
厌恶	得知夸奇想要毁掉家园树。
快乐	第一次在潘多拉星球上奔跑。
悲伤	目睹格蕾丝死去。
吃惊	看到螺旋叶在被触碰的时候收缩。
愉悦	第一次控制自己的阿凡达时误将尾巴撞到桌子上。
敬畏	听到灵魂树下传来先祖们的声音。
轻蔑	看着夸奇的军队毁掉家园树。
满足	与奈特莉做爱之后躺在一起。
欲望	与奈特莉做爱。
升华	听到临死的苏泰将领导权交给萨利并请求获得自由。
尴尬	从重铠马上掉下来。
负罪	与奈特莉交朋友的同时为夸奇做事。
感兴趣	学习控制阿凡达的身体。
爱	与奈特莉相爱。
痛苦	在电影的高潮部分在小屋里呼吸困难。
骄傲	骑托鲁克。
解脱	奈特莉把空气过滤面罩盖在他脸上，让他恢复呼吸，拯救了他的人形。
满意	第一次成功地控制阿凡达的身体。
羞耻	向纳威人承认自己一直都知道夸奇的计划。
同情	当家园树被毁掉的时候，与全体纳威人感同身受。
紧张	预见到夸奇摧毁家园树的计划所带来的威胁。

让我们一起来看看编剧兼导演詹姆斯·卡梅隆在《阿凡达》（2009）中让主人公杰克·萨利经历的一系列情感。萨利的变化并不局限于情感的波动起伏。他的情感体验包括了表 6.3 展示的所有情感。我猜想这种情感集合对电影的商业成功起到了重要作用，尽管我还不能证明这一点。

情感弧线

1945 年，美国作家库尔特·冯内古特在攻读人类学硕士学位时，曾提出一个有趣的观点：根据主人公命运的起伏，故事可以分为不同的类别。他认为“故事都有个可以画在方格纸上的形状，而且在特定社会中的故事的形状至少会和这个社会里的罐子或矛头的形状一样有趣”。冯内古特选择了五种故事形式来对此加以解释，它们描述了主人公的命运是如何随时间推移而变化的，但我们也可以认为，他的图形展示的是主人公随时间推移而产生的情感值变化，因为在生活中，人们遇到好事时通常更开心，而遭逢命运的变故时，就会变得不那么快乐。冯内古特将他所确定的五种故事形式命名为“洞里的人”、“《男孩遇见女孩》及其同名翻拍电影”、“灰姑娘的故事”、“创世神话”和“卡夫卡的《变形记》”。他指出，在这些故事形式中，创世神话往往局限于创造世界的宗教故事，而卡夫卡的《变形记》则非同寻常。不过，我们在这里会把重点放在最受欢迎的故事形式上。

冯内古特认为所有的故事都可以根据其叙述的情感起伏来进行

分类。2011 年，沿着冯内古特的思路，英文数据分析教授马修 · L. 乔克斯开始探究这一说法背后的真相。他采用一种叫作情感分析的方法，评估出文本中每个词汇的积极或消极程度值，将它们沿着时间轴向前绘制，由此发现在他分析的近 5000 本小说中情感弧线只呈现出六种基本形状。它们分别是悲剧、白手起家、洞里的人、探索、灰姑娘和俄狄浦斯。下面的小节将对它们进行概述。当然这并不是说所有电影、戏剧或小说中的故事都必然遵循上述情感弧线，只是说上述情感弧线是最常见的。同样值得一提的是，这些弧线表示的是已分析的六种主要故事形式的连续情感变化平均值。对任何个案小说的分析可能会得出在许多地方偏离平均值的具体弧线。因此，这六种情感弧线不应被视为写作时必须遵循的精确模板，而应当看作信息指南。在接下来的小节中，我们将从宏观分析的层面来研究整个故事情节所呈现的广泛的情感变化。随后我们将仔细研究故事在微观层面中的情感弧线。这些分析会揭示出场景之间发生的情感变化。

悲剧（衰败）

如图 6.1 所示，在悲剧故事的线索中，主人公以好运开始——或者感觉很正面——然后遇到一系列越来越困难的事件，最终在故事的结尾陷入谷底。在悲剧第二幕开始的时候，主人公会经历一个微小的好转，接着在中间又会经历一次低迷或者逆转。而在某些悲剧中，主人公的命运则十分简单地由好变坏。例如，在汤姆 · 沃尔夫 1987 年的小说《虚荣之火》中，主人公谢尔曼·麦考伊在故事的开篇是一位成功的纽约债券交易员，他自称“华尔街大师”，然而在他卷入一起肇事逃逸事件后，他的生活开始走下坡路。在小说的结尾，他身无分文，与妻子和女儿疏远，正在等待过失杀人罪的审判。这是一个典型的悲剧故事，谢尔曼的故事以好运开始，在遇到困难后转向最坏的情况。在一些悲剧中，故事的结局则取决于主人公在解决矛盾时情感的微小上扬，那正是他们开始接受损失的时机；而在其他情况下，描绘主人公日益悲惨的命运线几乎是完全急转直下的。

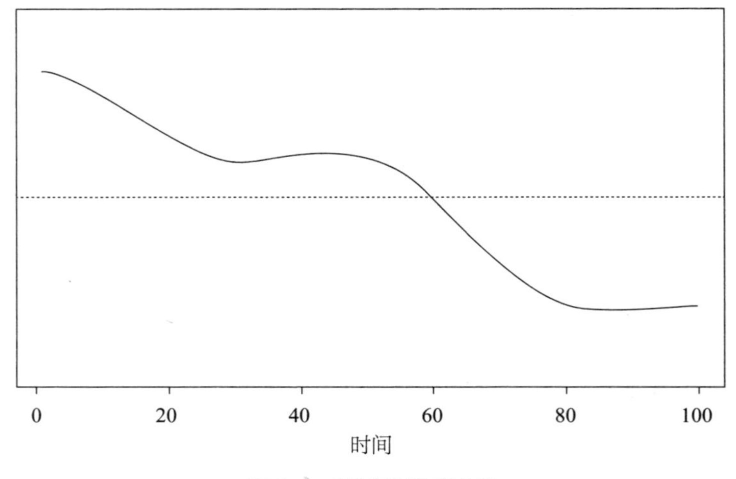

图 6.1　悲剧的情感弧线

其他悲剧小说的例子包括《纽约时报》畅销书《所有我们看不到的光》《穿普拉达的女王》（魏斯伯格，2003年）和《彩虹六号》。以这种情感弧线拍摄的电影包括《爱情故事》（1970）、《巨蟒与圣杯》、《玩具总动员 3》、《少年派的奇幻漂流》（2012）和《逃出绝命镇》。

白手起家（崛起）

白手起家故事曲线（在文学批评中有时也被称为喜剧）与悲剧呈现出相反的轨迹。如图 6.2 所示，主人公开始的时候运气不好，然后一系列越来越好的事情发生在他们身上。例如，在著名的儿童小说《查理和巧克力工厂》中，主人公查理·巴克特和祖父母一起过着贫困的生活，之后他赢得了一张金奖券，获得参观威利·旺卡著名的巧克力工厂的机会。鉴于他在整个巡演中出色的表现，查理成为旺卡巧克力工厂的继任者。

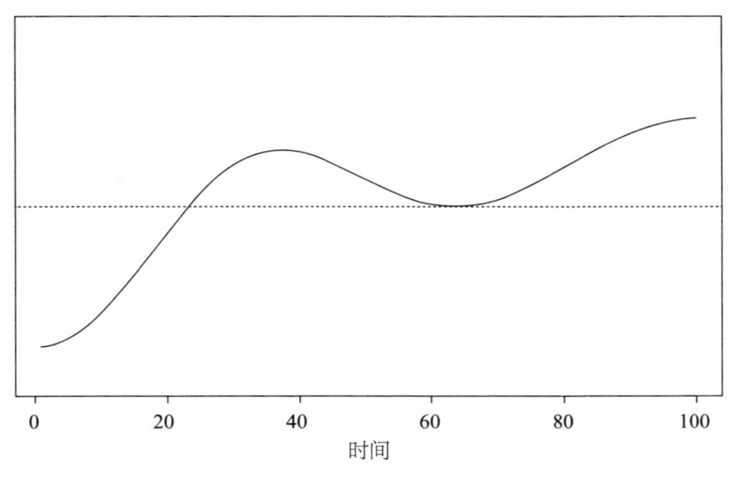

图 6.2　白手起家故事的情感弧线

在白手起家的故事的中途，主人公的命运通常会出现小幅度的跌落，因为他们遇到了必须克服的障碍。符合此情感弧线模式的文学作品包括《神曲》、《包法利夫人》、《终极证人》和《蜜蜂的秘密生活》。电影包括《漂亮女人》（1990 年）、《肖申克的救赎》、《贫民窟的百万富翁》、《社交网络》和《宠儿》（2018 年）。在电影中，这种情感弧线常见于传记片，或者和历史情节联系在一起。

洞中之人（衰败—崛起）

图 6.3 所示的“洞中之人”的情感弧线中，在叙述的开始，通常展现主人公日复一日的舒适生活。然后，主人公便掉进了一个隐喻意义上的“洞”里，他们不得不展开自救，试图找回曾经拥有的一切，但事情变得越发糟糕。在故事的结尾，主人公通常比开始时更快乐，这是因为他们培养了适应力，将以更有意义的方式看待生活。在前一章中，我们看到了生活困境是如何推动这种积极性成长的。

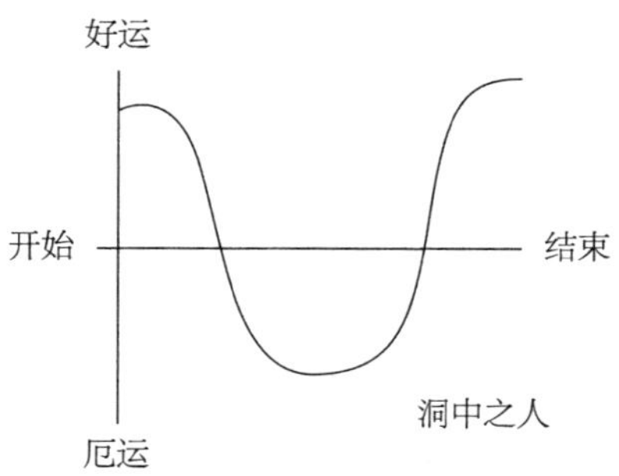

图 6.3　洞中之人的情感弧线

符合“洞中之人”情感模式的故事，包括世界上第一个有记载的故事《吉尔伽美什》（公元前2100年）、欧洲童话《小红帽》（公元17世纪）、《世界大战》（1898年）、《德古拉》（1897年）、《乌云背后的幸福线》以及“哈利·波特”系列故事。影片包括《教父》（1972）、《无间道风云》（2006）、《少年派的奇幻漂流》《为奴十二年》和《欢乐满人间》（2018）。研究表明，西方发行的卖座电影中的情节大都会遵循这种情感弧线，即使电影的制作预算和类型受到约束也不例外。

探索（起—落—起—落）

“探索”故事的情感弧线几乎与“洞中之人”相反，但在叙述的中途会有附加的复杂变化。顾名思义，这种情感弧线通常与主人公探索新世界，击败某种隐喻或字面意义上的怪物，然后返回家园的故事联系在一起。

如图6.4所示。故事开始时，主人公的命运经历持续的上升，但是在第一幕结束时会遇到一些困难。到了中间点，主人公通常已经找到解决或绕过这个问题的方法，他们的命运再次回升，只是在第三幕又遇到另一个主要困难，这通常会使其处于比旅程开始时更糟糕的境地，或者令他们对生活愈加沮丧。

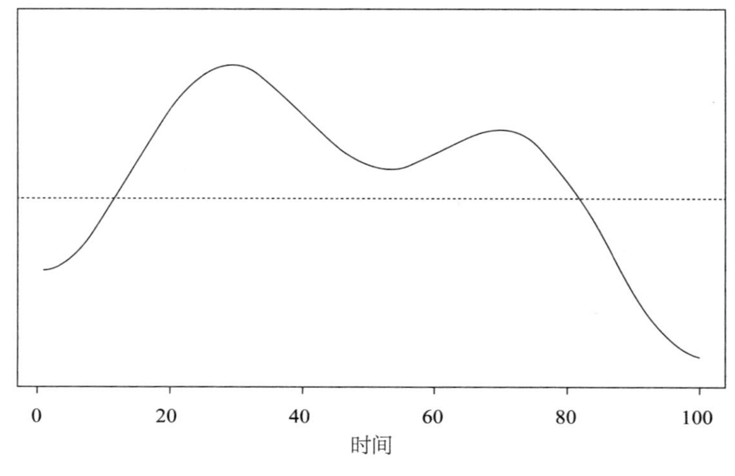

图 6.4 “探索”故事的情感弧线

在电影中，一个更常见的情感起伏曲线是，主人公在探索的终点经历了情感的上升，在故事的结尾，生活变得不那么凄凉，因为他们借此机会学到一些东西。遵循“探索”故事（起—落—起—落）情感弧线的小说包括《纠正》和《爱你所爱》，电影中遵循此结构的则有《码头风云》（1954）、《欢乐满人间》（1964）和《漫长的婚约》。

灰姑娘故事（起—落—起）

就像以灰姑娘童话命名的一样，在这条情感弧线上，主人公起初会经历一场美妙的事件，随后命运变得越来越糟，不过最后还是会重新变好。在沿着这条情感弧线发展的故事里，主人公在结尾时比开端更快乐，这通常是因为他们对自己的人际关系和生活抱有更大的感激。主人公在经历困境或损失后会积极地成长。同样是沿着这条情感弧线发展，在另外一些故事中，主人公的命运尽管在结尾变好了，但是也没有恢复到开始时的水平。符合该类情感模式的小说包括《危情十日》（斯蒂芬·金著）、《大小谎言》《证词》（安妮塔·施里夫著）。电影包括《青春年少》《蜘蛛侠 2》和《你能原谅我吗？》。

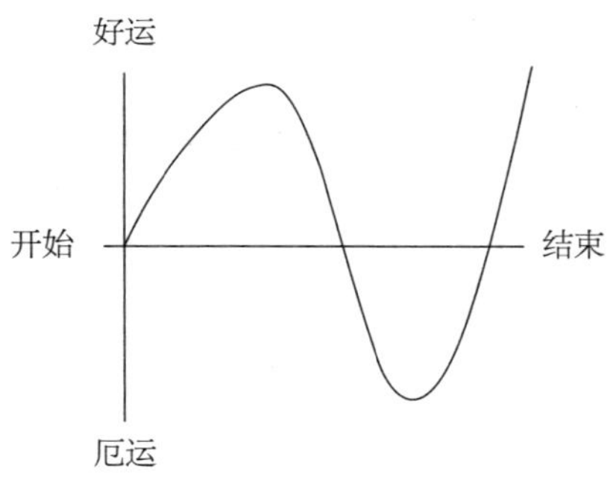

图 6.5　灰姑娘故事的情感弧线

俄狄浦斯故事（落—起—落）

在俄狄浦斯故事的情感弧线中，主人公的命运最初跌落，随后上升，接着再次跌落。换句话说，他们起初经历了巨大的不幸，导致情感低落。在这之后，他们的运气开始好转，但是好运会再次遭到破坏。如图 6.6 所示。

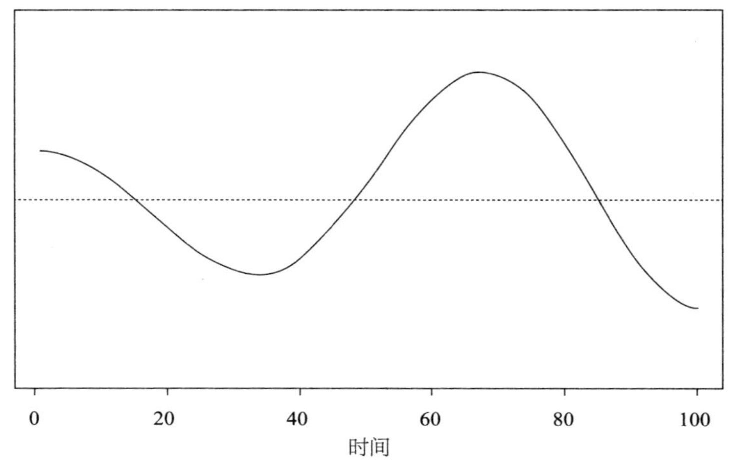

图 6.6　俄狄浦斯故事的情感弧线

符合“落—起—落”情感弧线的小说有：《五十度灰》《狼厅》和《弗兰肯斯坦》。电影包括《小美人鱼》（1989 年）、《尽善尽美》《关于我母亲的一切》。体育类型的电影通常会采用此类情感弧线。

引人入胜

虽然宏观层面的情感分析指出了主人公从叙事开始到结束的最普遍的变化规律，但它并没有告诉我们从一页到另一页，或从一个场景到另一个场景发生的情感波动。通过分析这些微观层面的情感变化，马修 · L. 乔克斯和朱迪 · 阿彻发现：那些引人入胜的小说都有一个共同的情感形式——它们会带领读者经历如过山车般的规律性情感起伏。在这些故事中，转折点不仅频繁，而且是突发的、前后对称的、富有节奏规律的。换句话说，这些故事之所以能够吸引读者的注意力，是因为主人公的命运发生了有节奏的、不间断的变化。让读者始终保持警觉的是，表面上看起来，事情的进展都还不错，然而主人公的命运却完完全全地发生了变化。从心理学的角度来看，这种变化带有“焦虑—奖励”循环的周期性性质，主人公反复面临较高风险的威胁，然后因为做出适应性的成功决定而得到奖励，这为读者创造了一种令人陶醉甚至有点上瘾的体验。

图 6.7 是马修 · L. 乔克斯和朱迪 · 阿彻为畅销书《格雷的五十道阴影 I》进行的情感分析结果。浅灰色的线条显示了从一个场景到另一个场景的情感波动，反映了主人公安娜和克里斯蒂安之间每时每刻的冲突。当这些曲线经过平滑处理后，便能绘制出小说的主要转折点，并以黑色粗线表示。请注意他们的命运在情感的

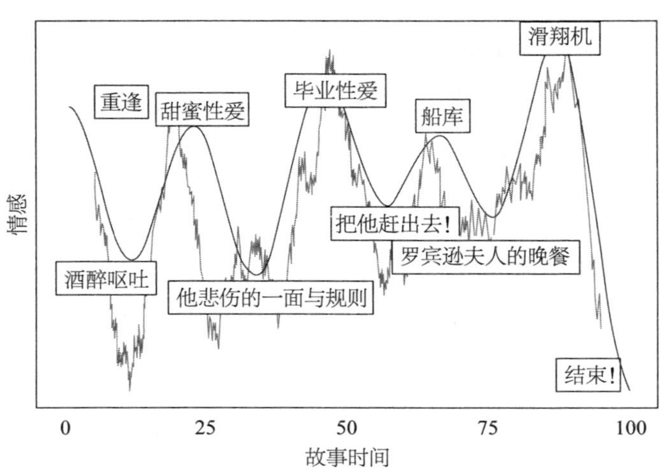

图 6.7　《五十度灰》中情感的高峰和低谷（詹姆斯，2011）

高峰和低谷之间变化得极快，这就为读者创造了一种情感过山车般的感觉。

故事如何结束

所有的故事都有结局，有的结局令人满意，有的则不。令人满意的结局通常能够解决叙事中的主要矛盾：人物内在与外在的冲突得到解决，不稳定的状态恢复稳定，矛盾的理念最终得到和解。对于观众来说，紧张感的解除能触发神经回路，带来积极的情感，让他们觉得这趟叙事旅程的体验已足够令人满意。令人满意的结局还应包含同等重要的一点，那就是故事中的人物要得到“公平的回报”。我们期待着好的主人公得到公平的奖励，对手则受到适当的惩罚。以《绿野仙踪》（1939）为例，影片结尾处桃乐丝回到家中，作为一个友善的人，她得到了回报，与小狗托托重聚，有爱她的家人和朋友陪伴左右。当她宣布自己再也不用离开家的时候，很明显她知道在这里已经拥有了她所需要的一切。故事的主要矛盾得到了解决——桃乐丝与托托重新团聚，其他的故事线索收束起来，形成一个令人满意的乐观结局。

当然，在现实生活中，存在着“好人”得不到公平的回报、“坏人”的行为逃过惩罚的情况，矛盾冲突仍然没有得到解决。虚构故事选择反映人类现实状况，是为了让读者和观众有机会思索生活的意义。它提供的不是逃避现实的机会，而是一个安全的空间，让我们能思考真实的生活。例如，迈克尔·哈内克广受好评的心理电影《隐藏摄像机》（2005），主题之一就是压迫如何导致了未解决的社会焦虑，影片的结局适当反映了主题，但主要故事情节缺乏明确的解决方案。

大团圆结局

大团圆结局已经成为好莱坞电影的一个特征，尤其是那些在电影黄金年代（1918—1960）制作的电影，以至于我们通常称其为好莱坞大团圆结局。在美国“海斯法典”时代，法律强制要求电影必须遵循严格的道德准则，并鼓励大团圆结局。有些研究者可能会认为，大团圆结局是源于“海斯法典”时代法律和文化的压力，不过另一种解释是，我们天生就是乐观主义者。

“乐观主义的偏见”是一种普遍存在的人类现象，是指人们对自己的未来感到不切实际的乐观，并低估了遭遇负面事件的可能性。我们大多数人会觉得自己活得长寿、健康、开心自在，尽管现实不尽如此。一些进化心理学家认为，这种乐观主义偏见是为了说服别人相信，我们能够做出互利主义行为，也就是能够建立起友谊。其他研究人员认为，乐观可以给自己带来希望，直面自己的死亡。无论基于哪种观点，我们天生的乐观偏见或许都能解释为什么许多人更喜欢积极的、救赎的故事，在这些故事中，坏事通过积极的结果“变好”，紧张的局势得到解决。因此，和一些研究人员所认为的强加的文化和历史结构相反，大团圆结局的故事很可能反映了关于人性的深刻真理。

悲剧结局

如果说人类天生乐观，喜欢结局圆满的救赎故事，那么为什么人们也很“享受”悲剧电影、忧郁的小说或令人心碎的歌剧呢？正如前面多次提到的，忧郁的故事——其中往往困难多于顺利——为我们提供了一种更为现实的人生观。悲剧电影的观众和悲情小说的读者之所以喜欢这些故事，是因为它们提供了在安全的环境下努力解决生活问题的机会，特别是围绕死亡这个主题。看到虚构的人物同生活的挑战作斗争，我们便能明白这些困难也是生活中不可避免的一部分，这样当自己经历类似的考验时，就不会感到那么孤独。悲剧性的结局也使我们有机会从主人公可能做出的糟糕选择中吸取教训，那些糟糕的选择或许导致了如此的结局，于是我们便能避免自己作出同样糟糕的决定。

喜忧参半的结局

许多著名的电影、小说和电视剧的结局既不是纯粹的快乐，也不是完全的悲伤。以美国电影《末路狂花》的结局为例，主人公为了避免被警察抓住，开车从峡谷一跃而下。

一方面，结局当然是悲剧性的。角色们完全明白她们不可能在最后幸存下来。但另一方面，电影的配乐以及塞尔玛、路易丝两人脸上的表情，象征着她们收获了自由和胜利。这个结局唤起了观众内心复杂的情感，综合了悲伤和希望的感受。这些复杂的情感交织起来，令人感动。无论是在现实生活中还是在小说中，复杂的情感常常意味着事情的结局，并且会伴随着对人生最大问题的沉思。对某些行将结束之事的预知会使这种感觉更加深刻，而且随着我们年岁的增长，这种感觉会更加强烈。

总结

情感将我们与故事维系起来。故事之所以吸引读者，是因为我们与故事中的人物建立了情感联系。在本章的开头，我们看到了观众是如何认同自己信任的主角的。接着我们研究了普遍存在的基本情感——愤怒、恐惧、厌恶、快乐、悲伤和惊讶，以及叙事中的紧张感是如何通过读者在主人公身上寄托的希望和恐惧之间的反差来达成的。

我们还研究了为什么故事讲述者能调动起积极情感，如道德升华、喜悦和敬畏等，从而产生强大的力量。我们在故事中看到人物历经各种各样的情感，自己也跟着感受丰富、充沛的情感。

我们探讨了西方叙事文本中六种最常见的情感弧线。最后，我们考察了故事结局——为什么某些结局令人满意，为什么没有缓解矛盾的结局仍然是适合故事的结局，还探讨了观众从幸福、悲伤和复杂情感交织的结局中懂得了什么。

现在你已经理解了你故事主角的情感历程，是时候继续思考你的次要人物了。在下一章中，我们将揭示一些关于人际关系的有趣研究，这些研究将使你更好地理解角色如何与他人相处，以及为什么个性在人际关系中发挥着如此重要的作用。

第七章　次要人物的作用

很少有故事只讲述单个角色的独立行动。故事需要涵盖情境和人物关系，次要人物推动故事向前发展，为中心主题提供不同的视角，为主要人物制造障碍或提供支持。他们经常迫使主角做出选择，重新考虑计划，决定什么对主人公最重要。次要角色在主人公的情感旅程中也扮演着重要的角色。好朋友、家人或爱人可能会和主人公同享他的高峰体验，也会在其经历低谷时陪伴左右。正如我们现实生活中的人物关系是变化着的一样，虚构的人物关系要做到引人注目并且可信，也应当有所变化。

随着时间推移，我们的人物关系有了不同的动机、需求和情感，它们改变了人物关系的性质，导致其从支持和积极转变为敌对和紧张。因工作太辛苦忽视了交流可能会使一段关系陷入难以脱身的无底洞，不过一个新认识的人、不经意的善举也可能建立起一生的友谊。掌握这些动态变化的写作技巧，能让你塑造出具备说服力和可信度的人物，对于长篇故事作者来说这是一项基本技能。在本章中，我们将深入挖掘人物关系的心理学，学习这方面的技能。

首先来考虑一下，为了让人信服，次要人物是否需要写得和主要人物一样复杂？次要人物是否需要囊括五大人物的所有方面以及三十种人格特征？此外我们在塑造次要人物时有没有捷径可走？

研究表明，和陌生人见面的前五秒，我们便会对他们的外向程度做出相当准确的判断，并会对他们的亲和性、神经质、尽责性、负面情感甚至智力都做出很好的估计。所以在短时间内，我们或许不会更深入了解陌生人的个性（除非他们所从事的活动能够清楚地表现其性格中强烈的一面，比如愤怒和敌意），但即便和陌生人仅有几秒钟的接触，我们也会觉得他们性格是复杂多面的，就像我们最了解的人那样，只是我们暂时不能看到他们性格的其他方面。虚构的次要人物很可能也是如此。只要当他们第一次出场时的行为在几个方面（尤其是外向程度）完全令人信服，那么通常对读者来说，这些人在短期内就是“真实可信的”。然而，在任何次要人物身上花的笔墨越多，我们就越期望看到他们性格的复杂性。

因此，正如 E.M. 福斯特指出的那样，角色塑造是有用的，因为他们的一致性并不会分散主线故事的注意力，而着墨更多的角色，则需要更深层次的人物塑造。根据读者与他们相处的时间长短，可以从三个、四个或五个维度勾勒出你的次要人物，表现他们个性中最令人难忘的方面，并赋予他们清晰的动机和信念。

在接下来的小节中，我们将探讨心理学研究如何帮助我们写出更可信和更吸引人的人物关系。我们先从人际关系环状模型开始，它描绘了个体与他人关系的主要类型。随后我们将着眼于次要人物通常发挥的功能，以及心理学研究对这些角色的阐释。我们还将探讨个性如何塑造我们与他人之间的关系，以及怎样利用这些知识在虚构人物间建立更令人信服的关系。当涉及情感问题时，我们会好奇死对头是否也能互相吸引。最后，我们将深入研究个性如何影响我们追求目标的方式。

人际关系环

在研究人际沟通方式时，心理学家注意到：五大维度中的外向性和亲和性在人际关系中起着特别重要的作用。外向性反映了我们的外向程度和想与他人交往的程度，亲和性表达的是我们与他人交往的热情程度，在人际交往中，这是两个极其重要的特性。

美国心理学家默文·弗里德曼和他的团队进一步扩大了这个概念，提出用环状模型来描述人际关系的各个方面，后被命名为人际关系环。在这个模型中，一条坐标轴代表需求认可的程度，它衡量一个人对地位、统治和控制的需求——参考《权力的游戏》中的瑟曦。另一条坐标轴衡量交流需求，它代表一个人对交流、友好、温暖和爱的需求程度——参考《权力的游戏》中的山姆威尔·塔利。于是在图 7.1 中，人际关系环中的每一点都代表了控制和交流需求的加权组合。

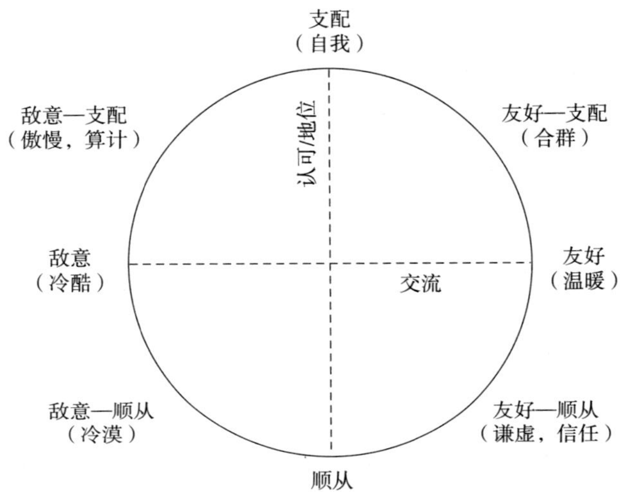

图 7.1　根据人际关系环判断关系

处在人际关系环极点附近的人会体现出明确的关于控制或交流需求的形象。换句话说，这类人给人的印象通常是特别热情或冷酷，又或是极度强势或顺从。其他处于环形边缘的人也会发出更强烈的支配、顺从、温暖或含有敌意的信息。相比之下，位于环形中间的个体既不强势也不顺从，既不热情也不冷酷。他们与其他人互动的方式并不明显，尽管也可以将其解读为有趣和神秘，但在交流中容易让人觉得他们比较无趣。

让我们来看看如何应用人际关系环来理解《冰与火之歌》及其改编剧《权力的游戏》中一些主要角色的性格。在图 7.2 中也标出了各类人际关系的风格。

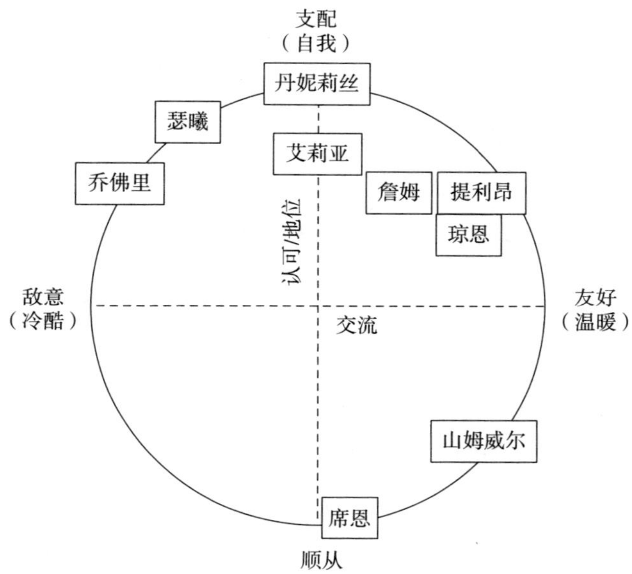

图 7.2　《权力的游戏》中各角色在人际关系环中的对应位置

环境在塑造我们的行为方面起着重要作用，同样，它对人际交往中的表达方式也起着重要作用。尽管通常情况下瑟曦显得冷酷又霸道，但在与爱人 / 兄长詹姆和他们的儿子乔佛里的关系中，她表现得很温情。在图 7.2 中，我将瑟曦和乔佛里放置在人际关系环的左上象限的边缘，因为他们都是傲慢、算计、冷酷和强势的角色。瑟曦的兄弟詹姆和提利昂也非常强势，但他们显得更合群一些，所以我把他们和琼恩放在右上象限。丹妮莉丝是个性格非常敏感的人，她可能会以极端敌对和冷酷的方式行事，也可能会表现得十分友好，即表现随身边的环境而变化，所以我把她放在人际关系环的顶端。

艾莉亚也在靠顶的位置，离丹妮莉丝不远，她的个性介于热情和冷酷之间。最后，我把更友好顺从的山姆威尔以及席恩放在了右下象限，其中席恩·葛雷乔伊从傲慢自信转变为顺从的人物弧光，十分典型。

有趣的是，我们在图 7.2《权力的游戏》的主要人物和次要人物图中，看到了各种各样的人际关系。这个作品的叙事需要强大的人格类型来制造矛盾冲突和权力竞争；而顺从人格的角色，如山姆威尔和席恩，则需要作为相反性格的角色出现。同样，虽然包括瑟曦和她的儿子乔佛里在内的几个关键角色确实显得比较冷酷无情，但包括山姆威尔、琼恩和提利昂在内的其他角色则以温暖和同情心平衡了瑟曦等人的冷酷性格。

大多数长篇故事都需要平衡各人物之间的关系，这些人际交往风格涵盖了人际关系环的四个象限。其中，位于右上象限的角色通常最有吸引力。友好的人与强势的人，他们更容易与其他人物产生最亲密的友谊，而且作为伴侣来说通常最有吸引力。相比之下，富有敌意和控制欲强的人容易发生冲突，他们落在左上象限。而落在右下角的人则告诉我们一个道理：要保持与他人的沟通合作，这类人物通常是主要人物的重要陪衬。

次要人物的作用

从出生的那一刻起，我们就开始在生活中扮演不同的角色——从子女到朋友、同事、父母和导师，表现出与小说相仿的人格。心理学研究能让我们了解关于友谊关系、浪漫关系、家庭关系和对抗关系的更多信息，帮助我们更好地评价自身。

朋友

对于大多数人而言，友谊能帮助我们界定自我。朋友为我们提供了陪伴、支持、同情和建议。他们赞同我们的新想法，引导我们做出选择。当然，友谊也是冲突的根源。那么，我们通常会选择与谁做朋友？为什么会是这个人？心理学家的一项研究发现，人们通常倾向于选择和自己一样和善、外向、乐于接受新事物的朋友。敞开心扉在友谊中很重要，因为它会影响我们的信念、我们喜欢做的事情以及我们喜欢谈论的话题。不出所料，外向的人倾向于交更多的朋友。不过，内向的人通常拥有更深刻的人际关系。他们交的朋友比较少，但他们会理解这些朋友的需求，并分享更多亲密关系。在所有的品质中，神经质是友谊中最有害的因素。

我们对是什么导致人物起冲突并分离感兴趣，就像我们对是什么把他们联系起来的感兴趣一样。人物之间的这些差异对于制造冲突、推动故事向前发展以及促进主人公的成长至关重要。想想美国哥们儿电影《杯酒人生》（2004）中的主人公：迈尔斯是一个悲观的内向者，他有点令人讨厌，神经质，为人谨慎不太敞开心扉。以人际关系环状模型（IPC）来看，他的个性偏向于左下象限。相比之下，他的朋友杰克是个非常乐观外向的人，他和蔼可亲，情绪稳定，粗心大意，心态开放。他属于人际关系环状模型（IPC）右上象限。迈尔斯和杰克的共同之处在于他们都是大学室友，对葡萄酒有着共同的爱好，对艺术和文化也有着浓厚的兴趣。

迈尔斯是作家，杰克是过气演员。他们在性格其他方面的差异形成了这部喜剧的核心冲突。虽然杰克认为他未婚生活的最后一个星期可以放纵几次，迈尔斯却认为杰克对未婚妻缺乏承诺、谎话连篇。与此同时，迈尔斯抑郁和焦虑的倾向激怒了情绪稳定的杰克，尤其是在迈尔斯无法控制这些情感的情况下，他们性格上的差异迫使迈尔斯反思什么才是真正重要的。迈尔斯遇到了玛雅，这使得他能够从过去中走出来。

表 7.1　迈尔斯和杰克的五大人格维度对比

	迈尔斯	杰克
外向性	低	高
亲和性	适度	高
神经质	中 / 高	低
尽责性	适度	低
开放性	适度	高

恋爱的兴趣

最令人难忘的虚构关系往往发生在两个坠入爱河的人物之间，比如《傲慢与偏见》中的伊丽莎白·班内特和达西先生、《卡萨布兰卡》（1942）中的里克和伊尔莎、《断背山》中的杰克和恩尼斯以及《我们这一天》里的贝丝和兰德尔。

如何创作这种充满魔力的关系呢？心理学对此给予何种回答？我希望能够分享一个强大的、跨文化的万能公式，能够为创作者提供精确的配方，以激发出角色之间的化学反应。诚然，如果某个心理学家能真正理解人类吸引力背后的原因，那么他很可能本来就是一个拥有一家婚姻介绍所的亿万富翁。心理学家了解到，人们对伴侣的偏好取决于他们寻找的是短期还是长期关系。不出所料，对于短期的性关系，男人和女人更加重视外表吸引力。就个性而言，亲和和外向这两个特质更吸引人，一般来说，人们更容易被那些和自己相似的人所吸引。因此，在社交方面出色的人往往更喜欢有魅力和地位的伴侣，而他们通常会寻找更温暖体贴的约会对象。如果在现实生活中，我们更倾向于被那些在社交方面更与自己相似的人所吸引，那么这是否也是一些受人喜爱的虚构情侣身上的典型特征呢？让我们看几个例子来寻求答案。

· 斯嘉丽和瑞德

在最受欢迎的电影情侣中，斯嘉丽·奥哈拉和瑞德·巴特勒一直位居榜首。《乱世佳人》改编自 1936 年的小说《飘》。对于斯嘉丽和瑞德来说，他们是异性相吸还是实际上非常相似？如表 7.2 所示，让我们看看他们在五大性格维度上的得分。

表 7.2 《乱世佳人》中斯嘉丽·奥哈拉和瑞德·巴特勒的五大人格维度对比

	斯嘉丽	瑞德
外向性	高	中 / 高
亲和性	低	低
神经质	高	低
尽责性	低	中
开放性	低	高

和斯嘉丽一样，瑞德也是个有着高度能动性的人物。他是一个大男子主义者，被财富和自由的渴望驱使，而斯嘉丽则是一位成功人士。正如研究表明的那样，他们之所以互相吸引，是因为他们都重视能动性、吸引力和地位，而不是温暖和亲和的特性。有趣的地方在于两人的心地都十分善良，这是他们性格中讨喜的一面。虽然本质上两人都存在冲动、自信和不亲和的一面，但这种温和的性格点燃了他们的激情。爱情和社交对斯嘉丽和瑞德来说真的很重要。

此外，瑞德也是唯一能理解斯嘉丽行为动机的人，因为他们在很多方面都很相似。用小说中瑞德自己的话来说，这是因为“我真的爱你，斯嘉丽，因为我们太像了，都是叛徒，我们两个，亲爱的，都是自私的流氓。”

两人在情绪稳定性和思想开放性方面存在着差异。斯嘉丽经常头脑发热，情感起伏不定，而瑞德的情绪稳定很多，这对斯嘉丽是好的。瑞德思想开放，能帮助斯嘉丽打开眼界。

作为一对虚构的情侣角色，斯嘉丽和瑞德的恋爱关系之所以能成立，是因为他们个性相似使得两人走到一起，并且持有相似的世界观，而两人的差异则使其个性得以互补。

· 卡罗尔和特芮丝

与斯嘉丽和瑞德相比，备受好评的电影《卡罗尔》（2015）及其原著小说《盐的代价》中卡罗尔和特芮丝这两个人物，展示了一种非常不同的银幕化学反应，完美契合了这个充满渴望又充满失落的故事。在这部电影及其原著小说中，特芮丝被塑造成一个谜一样的人物，相比于更加自信、积极、坚决和外向的卡罗尔来说，特芮丝的内向和其他特质让她显得十分迷人。也有人认为，特芮丝需要和一个更自信更外向的人在一起，这样才能展现她自己。卡罗尔和特芮丝在尽责性方面也有所不同。

卡罗尔的主要矛盾在于，如果她和特芮丝的婚外情破坏了自己的婚姻，便可能会和女儿分开。相比之下，特芮丝则被描写成一个故意切断与母亲关系的人。所以，尽管卡罗尔看起来很有责任心，并且忠于她的家庭，但是特芮丝似乎更容易从感情中走出来。

卡罗尔和特芮丝的共同点是她们都乐于接受新体验。在小说中，特芮丝是一个布景设计师，她喜爱戏剧、诗歌、旅行和探索各种情感体验。卡罗尔也热爱旅行和欣赏艺术。从她对特芮丝生活细节感兴趣的程度来看，我们可以推测她们之间的差异使彼此互相欣赏。两人的化学反应是出于更好地了解和理解对方的念头而产生的。这样的期盼来自两个热恋中的温柔的人，我们感觉两人会完美地互补，但是他们被不同的生活抉择及彼时的文化和法律障碍所区隔开来。

表 7.3 《卡罗尔》（2015）中卡罗尔和特芮丝的五大人格维度对比

	卡罗尔	特芮丝
外向性	中	低
亲和性	中	中
神经质	低	中
尽责性	高	中
开放性	中	高

长期的恋爱关系

对于什么行得通、什么行不通这样的问题，一段长期的恋爱关系有更清晰的相处模式。在情绪稳定性和外向性方面相反，但在尽责性、亲和性和开放性方面相似的夫妻，更有可能在一起。有趣的是，尽管外向者和内向者之间的关系往往是互补的，但研究表明，这种关系有时会不利于更内向的伴侣。这是因为高度外向的人更有可能与其他人会面并建立关系，而这些人便是具有威胁性的。另一个导致关系破裂的人格因素是高度神经质。不利的关系通常是由于某一方或双方在这个维度上得分很高。

在进行以上探讨后，我们来看看美国电影《贤妻》中这些性格因素是如何导致主人公琼·阿彻和丈夫乔·卡斯尔曼之间关系破裂的，该片是根据同名小说改编的。琼·阿彻最开始被乔·卡斯尔曼教授的自信、合群和魅力所吸引，正是这些与外向性格相关的品质，以及两个人对文学的共同热爱，才吸引了这位内向的女学生琼·阿彻，而且使他们的婚姻维持了多年。乔喜欢身处聚光灯下，懂得通过故事主题来吸引人们的注意力，而性格温和内向的琼对人际关系的体会更加深刻，知道如何写作。她也意识到作为一个女性作家谋生是多么的困难，特别是以她较为安静的性格。在这段情感关系的早期，两人很享受这种个性上的互补，这种互补支撑着琼对作家身份的认识。

表 7.4 说明了妻子琼和丈夫乔在外向性和情绪稳定性方面是如何互补的，但在尽责性、亲和性和开放性方面两人更为相似——研究表明，这些品质应该是能维持他们关系的重要因素。倘若两人没有达成那个口是心非的协议（乔将琼的写作归功于此），或许他们的关系就不会出现问题。乔较低的尽责性和较高的外向性最终使他们的婚姻破裂。乔很气愤琼把她过去三十年写作的功劳全揽在自己身上。不仅如此，他还有外遇。当乔获得诺贝尔奖时，他们的关系达到了一个危机点，琼再也无法承受这种压力。

表 7.4　《贤妻》中妻子琼和丈夫乔的五大人格维度对比

	琼	乔
外向性	低	高
亲和性	中	中
神经质	中	低
尽责性	高	中
开放性	高	高

这些人格维度对维持一段长期关系起到的作用，及哪些维度最有可能破坏这段关系，与此相关的研究成果都在《贤妻》中得到刻画，而这也印证了现实生活中某些关系的发展方式。

家庭成员

从上述浪漫关系中走出来，回到在一个家庭中创造人物的工作中，你可能很想知道他们应该有多少相似性。根据自身经验，你一定知道哪些家庭成员是十分相似的，以及那些你未曾觉察到的存在于家庭成员之间的联系。那么，先天与后天相比有多重要呢？如果家庭成员非常不同，应该如何让他们看起来是有血缘关系的亲人？双胞胎研究表明，最能通过基因发挥遗传作用的品质是开放性，其次是外向性、尽责性和神经质，这意味着有血缘关系的家庭成员最有可能在开放性方面类似，不过仍然存在许多可变因素，这是由环境造成的——包括但不限于我们成长的方式。

在《权力的游戏》中，兰尼斯特家族的三位最著名的成员都有这样的关系：很明显，瑟曦、詹姆和提利昂三姐弟既有明显的相似之处，也有明显的不同之处。在某种程度上，他们都是外向的人，但是在最突出的品质上三人又有所不同：瑟曦是最自信的，提利昂是最合群的，而詹姆则喜欢寻求刺激。这三个人的情感都比较稳定，但在具体品质上又有所不同：瑟曦和提利昂都比较脆弱，而瑟曦和詹姆是最冲动的，瑟曦在愤怒敌意方面超过其他两人。在这三姐弟中，提利昂是最令人愉快的，也是最直率、谦虚和温柔的，与之相反的是，瑟曦是自私、控制欲强、不信任别人、好胜、不谦虚和冷酷的。兰尼斯特姐弟在尽责性和开放性方面更为相似，如表7.5所示。

表7.5　《权力的游戏》中提利昂、瑟曦和詹姆的五大人格维度对比

	提利昂	瑟曦	詹姆
外向性	高	中	高
亲和性	中	低	中
神经质	中	中	中
尽责性	高	高	中
开放性	高	中	中

那么我们能从中得出什么结论呢？这些虚构的姐弟之间的相似之处足以让我们确信他们的血缘关系。但正是这些角色之间的差异——尤其是在某些突出的特质之间的差异——才是最引人注目的有趣之处，并且最能引发矛盾冲突。

对手

正如我们在第二章中看到的，对抗性的人物在人格的“黑暗三角”属性上得分很高。他们多半是自恋者、马基雅弗利主义者和心理变态者。你的电影或小说投资越大，我们就越想看到更多具备这些特征的反面人物。因此，在漫威电影里通常会安排一个拯救世界的超级英雄（他在“光明三角”属性上得分很高）与一个疯狂自负、诡计多端、残忍无情的反派角色对垒。但倘若在某些平静舒缓的故

事中也安排这样极端的对抗，那就完全过分和不可信了。在更现实的小说中，我们想看到的角色会在“黑暗三角”属性上得分较低，他们有好的品质也有坏的品质。在许多故事中，最大的敌对力量不是来自外部，而是来自主人公自己。拿历史影片《宠儿》来说，如表 7.6 所示，三个主要角色都有阴暗的特征，正是这些特质使得三个主要角色和她们之间的互动如此吸引人。

表 7.6 《宠儿》（2018）中阿比盖尔·霍尔、安妮女王和莫尔伯勒公爵夫人的“黑暗三角”评级对比

	马基雅弗利主义	自恋	精神病态
阿比盖尔·霍尔	高	中	中
安妮女王	低	高	低
莫尔伯勒公爵夫人	高	中	中

不同角色如何得到他们想要的

人物角色不仅各自动机不同，在追求目标的方式上也存在不同。那么，这些不同的方式是什么？哪种人最有可能采用这些方式？心理学家惊讶地发现，我们处理与他人关系的方式有 12 种，包括魅力、理性、强迫、沉默、贬低、回归、诉诸责任、互惠、贿赂、强调享乐、社会比较和采用强硬策略。实现目标的方式可以体现出很多关于人物个性的信息。我们依次来看看这些方式以及采用这些方式的人物示例。

施展魅力

人们为了得到自己想要的东西而施展魅力的方式，可能包括给予个人赞美、表现浪漫、提供礼物，甚至是主动提供帮助。这些行为更多地用来促使人们做某事，而不是阻止他们做某事，而且它天然更多地出现在浪漫关系中，而不是与朋友或父母的关系里。让我们来看在《沉默的羔羊》剧本中汉尼拔·莱克特博士施展魅力的例子。

莱克特博士

你很坦率，克拉丽斯。我认为在你的私人生活中了解你会很有意义。

如果出自他人之口，这些讨人喜欢的、非常私人化的台词可能会受到欢迎，但当台词出自这位20世纪小说中最著名、最聪明的精神变态者时，就会让人感到毛骨悚然和不安。莱克特博士的目的是激怒克拉丽斯，这样他就可以得到她的强烈回应。

诉诸责任

实现目标的另一种方式是诉诸责任，即，讲清楚某事需要某人去做，因为这是那个人的责任，而且那个人有做这件事的义务。例如，在美国犯罪电影《好家伙》(1990)的节选剧本中，凯伦告诉她的丈夫，她不想继续过犯罪的生活。当她提醒丈夫她对家庭负有责任时，也试图含蓄地指出丈夫也对她负有责任，以此达到她的目的。

凯伦

我不会逃跑的，我们下半辈子都要像老鼠一样活着。这就是你想要的？离开我妈妈，离开我的家人，再也不要见任何人。

给出理由

给出理由，这是一种高度认真的人经常使用的技巧，它提醒人们为什么该做某事。这种方式包括指出行动带来的好处，或者解释为什么有人会做出这样的呼吁。以下是英国电视连续剧《杀死伊芙》试播集的片段。伊芙第一次要求出席证人面谈遭到拒绝时，她给出了理由：她想做的事情无论如何都要去做。

伊芙

你介意我要求出席证人询问吗?

比尔

当然，如果你是个探员的话，但你是个光荣的保安。所以，真对不起。

伊芙

但如果是新的杀手，我们需要尽可能多地了解……

比尔

是的，我介意。你的时间是我的。我拥有你。

伊芙

无论如何我都要去做。

强调享受的乐趣

对于和蔼可亲的人，他们对别人的需求很敏感，喜欢合作而不是苛求，让人们尽可能以最愉快的方式做他们想做的事情。为了做到这一点，他们通常强调被拥有的快乐。例如，在美国喜剧电影《杯酒人生》的一个浪漫场景中，当主角的爱人玛雅想要说服他开一瓶特别的葡萄酒时，她的表达方式让人难以抗拒：

玛雅

当你打开一瓶 1961 年的白马酒，那将是一个特殊的日子。

互惠互利

互惠互利就是用奖励或者帮助来回报别人为你做的事情。换句话说，就是“如果你帮我，我也会帮你”。在电视剧《绝命毒师》试播集的剧本节选中，沃尔特 · 怀特被一个竞争对手用枪威胁。他主动示范如何制作特殊的毒品，以保住自己的性命。

沃尔特

如……如果我告诉你我的秘密呢？厨师有他的食谱，如果我教你我的呢？（打破沉默）让我们都活着，我会教你。

社会攀比

那些相对闭关自守的人在按照自己的风格行事时喜欢攀比。他们可能会与其他从事相同活动的人进行比较。或者他们可能坚持认为，如果不这样做便会显得很愚蠢。以下是青少年喜剧《贱女孩》节选片段，当凯蒂告诉“蜂后”雷吉娜自己打算参加数学竞赛时，雷吉娜通过以下社会比较达到了自己的目的：

雷吉娜

不，不，不。你不能这么做。这是社交自杀。妈的，你真幸运有我们指导你。

放低姿态

那些通过放低姿态来得到他们想要的东西的人通常会把自己的位置降低，表现得异常谦逊。以下是电影《辛德勒的名单》最后一场戏。辛德勒拒绝了斯特恩的祝贺，因为他认为自己应该竭尽全力拯救更多的犹太人免于死亡。

辛德勒

如果我赚了更多的钱……我扔掉了那么多钱，你不知道，如果我……

斯特恩

因为你所做的一切，才会有几代人活下来。

辛德勒

我做得还远远不够。

胁迫

强硬的人用命令或威胁来让别人做出行动。他们会强迫人们做某事，批评、威胁他们或大喊大叫，直到他们采取行动。在试图阻止朋友或伴侣做某事时，强迫手段最常见于那些非常不合群或神经质的人，以及外向的男性。以下是美国电视剧《老爷车》节选片段，沃尔特在自家前花园威胁孩子，如果他们不离开，他将以暴力回应。

沃尔特

别以为我不会在你脸上打个大洞，这就像我打死一只鹿一样轻松。现在滚出我的草坪。

退缩

退缩的方式包括抱怨或生闷气，直到获得自己想要的，最常见于那些神经质的人。以下是《乱世佳人》的一段节选，其中斯嘉丽·奥哈拉运用自己熟练的技巧，让她的朋友们不再谈论战争：

斯嘉丽

战争，战争，战争，战争谈话破坏了今年春天的派对的气氛！我太无聊了，无聊到可以尖叫！

她做了一个动作，装模作样地表示她对这个无聊的话题有多生气。

贿赂

为了实现目的而给出金钱“奖赏”是神经质较高的人最常用的一种策略。但就像以上所有策略一样，它并不仅仅局限在一种性格类型内。以下是《华尔街之狼》的剧本节选，其中乔丹·贝尔福特正向一名联邦调查局特工行贿。

乔丹

看，这都是关于正确的指导，帕特。认识一个有正确关系的人，一个谨慎的人。我几乎每天都能改变一个人的生活。

他们互相打量了一番。

德纳姆探员

那个实习生从你的交易中赚了多少钱？

乔丹

超过 50 万。

德纳姆传唤休斯探员过来。

德纳姆探员

你能把你告诉我的再说一遍吗？

乔丹微笑着拒绝了。

乔丹（对休斯探员说）

我确信贝尔福特先生刚刚试图贿赂一名联邦官员。

强硬手段

强硬手段包括撒谎、胁迫或使用暴力，威胁要离开某人，侮辱某人，或扣钱，直到对方做出行动。下面是《爆裂鼓手》的例子：音乐老师弗莱彻采用强硬手段，试图让他的学生安德鲁放慢鼓的节奏。

安德鲁点点头，振作起来……弗莱彻鼓掌，渐渐停下来。

弗莱彻（续）

你太急了。

掌声响起，又再次停止。

弗莱彻（续）

再拖一会儿。

掌声再次响起。安德鲁演奏“爆裂鼓手工作室乐团安德鲁排练曲目 3”，期待着下一个暂停——但是没有暂停。弗莱彻点点头，好像现在满意了，然后慢慢转过身来。他把手放在一张空椅子上。看起来他想坐下去，突然，就像一道闪电，他猛地拉起椅子，朝安德鲁的脑袋砸去。

沉默的力量

被排斥或遭受冷淡对待所激起的情感冲击非常强烈，因为正如我们所看到的，归属感是人类最基本和普遍的需求。当被排斥、孤立或拒绝时，人们的心理健康会受到不利影响。对某人的冷漠常常是一种惩罚，目的是让某人停止做某事。也可能是在某个群体中一个人做了他们认为可耻的事，冷漠便成为一种杀鸡儆猴的方式。在美国历史小说《红字》中，主人公海斯特·白兰在婚后与另一个男人生了孩子，于是被她的清教徒社区所排斥。而在下面的例子中，爱情故事《革命之路》（2008）的主人公用沉默来表达她与丈夫弗兰克的距离感，因为他们的生活已经渐行渐远。

弗兰克

我觉得我没说什么事情都要谈。我的意思是，我们都有压力，现在应该尽可能地互相帮助。

她完全不感兴趣，这让他很烦躁。

弗兰克（继续）

我是说天知道我最近的行为为什么变得这么奇怪……我的意思是，事实上……有些事情我想告诉你……

她边说话边继续叠餐巾。

弗兰克（继续）

我在城里和一个女孩交往过几次。

最后，她停下来，看着他。

弗兰克（继续）

一个我几乎不认识的女孩。这对我来说不算什么，但她有点忘乎所以了。她只是个孩子。不管怎样，现在都结束了。真的结束了。如果我不确定，我想我永远不会告诉你关于这件事。

当她最后回复的时候，只是简单地问弗兰克为什么要告诉自己这件事。对于她来说，沉默是自己在很不顺心时处理事情的方式。这是她回归自我的方式，表明她没有精力继续这样下去。当她试图用沉默来达到目的时，弗兰克想和她讲道理，并暗示两人需要即刻建立一种互相体谅的关系。

这个例子再次提醒我们，动机与性格不同的人在获得想要的东西时通常使用不同的技巧，而各种各样的策略之间的相互作用是非常有趣的。

总结

次要人物为我们的故事注入了额外的生命力。他们推动故事向前发展，促使主人公做出有趣的选择，揭示关于人性的真相。次要人物也为叙事的基调、风格和节奏做出了贡献。当考虑次要人物时，你首先需要决定其身份类型，例如朋友、同事、家庭成员或对手，然后确定各个人物的具体信息。当你开始考虑要在这些人物身上花多少笔墨的时候，就会更好地理解这些人物的复杂性。虽然一些次要人物可能得展现出所有五个维度和人格侧面，但是那些着墨最少的人物也许仅仅体现两三个维度就足够了。

了解人物角色之后，接下来就得考虑他们的关系了。尽管一些角色的性格相似性可能有助于他们走到一起，但是差异性对于制造冲突和多样性是至关重要的。人物关系类型的异同可以在“人际关系环”中更加直观地呈现，这是确保你的作品具备大多数长篇叙事所需要的多样化人际关系类型的有效方法。别忘了人际关系是动态的，尤其是当我们描述他们的变化时显得更有趣。你笔下的人物会把自己的目标、信念和情感代入他们的每一段关系中。

在构思故事的时候，可以记录下人物关系的起伏，这能维持故事的新鲜感，从而吸引读者。对每场包含人物关系的戏，你都需要理解他们想要的是什么，以及他们尝试实现目标的最真实有趣的方式是什么。在不同场景中，各种各样的人物会运用不同的策略来赢过对方。表 7.7 总结的研究结果揭示了不同性格类型的人在试图达到目标时是如何影响他人的。

表 7.7　个性如何影响人们实现目标

	和朋友一起	和伴侣在一起	和父母在一起
性格外向	强调责任，男性也会使用强硬手段。	男性使用强硬手段。	和父亲在一起表现得很负责。
性格内向		放低姿态。	使用强硬手段或放低姿态，后者尤其体现在和母亲在一起时。
令人愉快	很享受被珍惜的感觉。	很享受被珍惜的感觉，并给出理由。	很享受被珍惜的感觉。
令人讨厌		胁迫或冷漠对待。	
认真负责	给出理由。	给出理由。	
不负责任			
神经质		退缩，强迫和金钱诱惑。	
情绪稳定		强硬手段及给出理由。	
敞开心扉	给出理由，很享受被珍惜的感觉。	给出理由，很享受被珍惜的感觉。	给出理由，很享受被珍惜的感觉。
思想封闭	社会攀比。	社会攀比。	社会攀比。

我们已经详细探讨了一些基于心理学研究的写作方法，这些方法可能有助于作者创造更逼真、更迷人的人物关系，在下一章中，我们将把这些想法与我们在本书中学到的其他方法综合起来，形成角色工作坊。

第八章　角色工作坊

这本书里有很多理论。这些理论主要是对现实世界中个体行为的观察，以及我们如何有效地利用这些理论创造出更逼真、更迷人、更可信的角色。但是学习理论和实际写作是完全不一样的过程，所以我们将最后一章设置为一个角色工作坊。本章对所有方法进行了汇总，并帮助你将其应用到人物创作中。无论你处于写作过程的哪个阶段，这都将对你有所帮助。带着你对一个新角色的最初想法，一个不断完善中的角色，或者你正面临的角色驱动的思考，进入这一章吧。

确定合适的主人公

也许你萌生了写一个故事的想法，或是想出了一个能激起你好奇心的场景，又或者对你的主人公有了一个大致的概念。但是如何将那些模糊的第一印象变成纸面上栩栩如生的角色呢？首先，试着汇总你已有的想法。它们总是出于某个原因而出现在你脑海中，并且在此后的创作中你还会不断地回顾这些想法。你有没有构思出某些性格特征？或者你有没有明确自己的主角必须有明确的目标？无论你有什么想法，把它记下来作为一个起点，让我们就此开始创造人物。

因为不论有意识还是无意识，所有虚构人物都来自对生活的观察，所以通过观察现实生活来建立人物形象通常对角色的后续发展大有裨益。你认识的、见过的或听说过的人能否为你的角色提供更多灵感？如果你印象里没有这样一个人，那么是否能从认识的人中找到一些有趣的性格，然后将它们结合起来创造一个新的角色？

另一种借鉴生活观察的方法是选角。如果预算充足，根据你的剧本或小说创作一部电影，你会让谁担任主要角色？这些演员会给角色带来何种你以前没有想到过的惊喜？如果想象选角没有帮助，那么在网上看看形形色色的脸，看看这些图片是否能激发你对角色的想法，或者是否适合你的故事？看别人的照片也能给我们传递很多性格信息，尽管我们一开始可能意识不到这一点。同样，创建角色情感板也是一个有用的办法。如果你已经创建了一个角色情感板，花点时间分析一下他们的面部表情和姿势。你能从他们的性格中看出些什么？还有他们的穿着方式，或者照片中显露出的情感。你是选择用更温暖、更明亮的颜色和更快乐的面部表情来表现一个更讨人喜欢、稳定外向的人？还是选择用一张面色较深、面容更严肃焦虑的脸来表现性格更神经质、更内向的人？

如果你正在改编小说、传记、纪录片甚至报纸文章中的一个人物，或许你已经具备了开始创作这个角色所需要的一切材料。原材料能让你很好地理解主人公的个性、动机、信念，甚至他们说话的方式。那么，要不要坚持自己的感觉，选择权便在你。

人物角色还可能来自一个情节，甚至一个主题。例如你正在写一个侦探故事，主人公某探员需要追踪一个国际诈骗犯，那么你就明确了主人公的行动目的，你可能也需要对各个人物的信念有所了解，你还可以构想他们需要积极、自信、有目标驱动力，至少需要经过一些波折，才能完成工作。接下来，通过一系列不同的可能性来测试什么对他们的其他人格维度最有效。例如，假设你的主人公是个情绪不稳定的内向者，那故事会不会达到最佳效果，并且符合你想象的基调？或者，一个健谈、稳定、外向的人格更符合你心目中的乐观基调？

从人物个性开始

和陌生人接触的前 5 秒钟，我们就能对他们的外向性、亲和性、神经质、责任心、负面情感甚至智力水平做出相当准确的判断。

首先是外向性，思考一下，你写的角色是个更强势、更主动、更善于社交，还是个更安静、更认真、更需要独处时间的人？外向的人物符合你所写的故事类型的基调吗？写一个温暖乐观的故事时人物角色需要积极的情感吗？或者严肃些的性格会更适合你要写的黑暗基调的故事吗？

其次，考虑你的人物的性格是令人喜欢的还是令人讨厌的。当我们提到一个强硬的角色时，通常表明他们不讨人喜欢。说出自己的想法，追求自己的目标，从不关心他人的角色往往令人难忘。另一方面，亲和的角色更容易赢取我们的喜欢、信任和同情。我们也更有可能认同这些角色，并被他们的故事所感动。愉快和外向的人物有更多积极的情感，更符合乐观的故事基调，而沮丧和内向的人物自然就符合更曲折的故事。

神经质是我们在第一印象中很快了解的又一维度。情绪不稳定的主人公更适合讲述内心冲突的心理故事，这些故事的主要历程可能是克服他们的焦虑或自我怀疑。神经质水平高的人物一般在动作和冒险类题材中用处不大，因为这些题材的主人公的主要历程是外在的。

对于这些强刺激性的叙事，情绪稳定的主人公通常更合适。接下来，你现在也许已经明确主人公是否尽责了。如果没有，就开始思考他们实现目标的动力有多大。如果你正在写一部动作片、冒险片或侦探小说，很难想象如果没有一个高度认真、成就驱动的主角会怎样。但是在情节剧和喜剧中，不那么认真的角色有很大空间。

最后，你写的角色性格有多开放？如果你的角色喜欢冒险，喜欢认识新的人，有各种各样的新经历，故事会更吸引人吗？相反，如果你写的角色自我封闭，面对不断加强的冲突抗拒改变，故事会更有趣吗？一旦你决定了你的角色在五大维度（低、中、高）中的位置，就来完成表 8.1。

表 8.1　从五大维度评估你的角色

	外向性	亲和性	神经质	责任心	开放性
低					
中					
高					

在所有五个维度上得分适中的角色通常不太容易让人记住。因此，为了创造一个令人难忘的中心人物，应当确保他们至少在一两个维度上得分比较极端。记住这些个性维度，在你为角色描绘场景时，它们会影响角色的行为倾向，但这不是不可打破的固定规则。即便是最令人喜欢的角色也会有讨人厌的时候，就好比外向的人也会有安静的片刻。

为了让角色变得更加复杂，是时候深入这些人格维度，更仔细地思考主角在各个层面的得分了。他们应该在其中一个维度的某些层面得分更高，而在其他维度的得分更低。因此，举例来说，如果你正在创造一个高度认真的角色，受目标驱动、有能力、深思熟虑和自律，那么让他们在工作方法上出现混乱可能就是很有趣的看点。可以用表 8.2 从人格的 30 个方面评估你的角色。角色因有着最鲜明的特点才会给读者留下印象。

这个过程需要时间，可能几天或几周才能想清楚。找出你的角色在这些方面所处的位置会比处理其他问题更难，这也许是因为他们在这些方面的表现更中庸。一旦你评估好了，就可以继续完善你的角色。

表 8.2　从人格的 30 个方面来评估人物性格

开放性	责任心	神经质	亲和性	外向性
幻想	能力	焦虑	信任	热心
美学	服从性	愤怒和敌意	直截了当	合群
感情	尽职	抑郁	利他	自信
行动	追求成就	自我意识	顺从	活跃
想法	自律	冲动	谦虚	寻求刺激
价值观	深思熟虑	脆弱	体贴	积极情感

请在表 8.3 和 8.4 所示的人格“光明三角”和“黑暗三角”中，对你创作的角色进行评估。记住，除非你打算塑造的是漫画中的圣人和恶人，否则复杂的角色将同时具有黑暗三角和光明三角中的元素。

表 8.3　在“光明三角”中评估你的角色

	康德主义（尊重他人的价值）	人道主义（维护他人的尊严）	相信人性
低			
中			
高			

表 8.4　在“黑暗三角”中评估你的角色

	马基雅弗利主义（剥削）	自恋（高傲的）	精神病态（冷酷和愤世嫉俗的）
低			
中			
高			

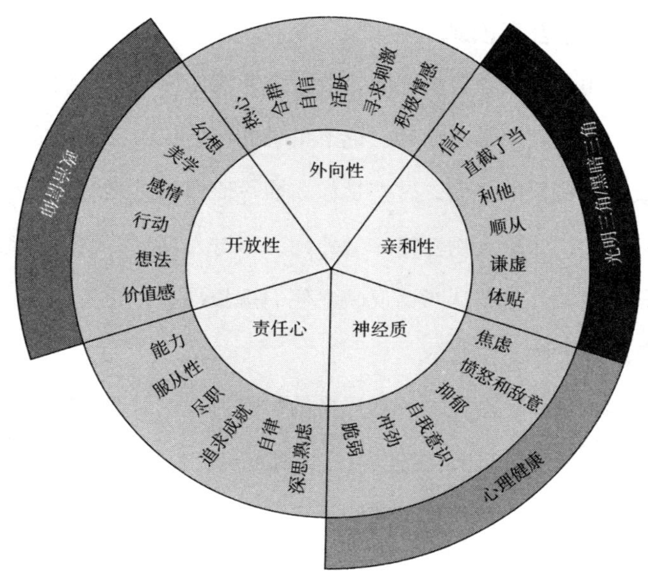

图 8.1　五大人格维度、人格三十面、政治信念、心理健康、光明三角或黑暗三角之间的关系

图 8.1 将五大人格维度、人格三十面、光明三角和黑暗三角结合起来并做了可视化处理。圆形图的中心是人格的五大维度。在外层的第二个圆环表示的是人格三十面。最外圈表明开放性与政治信念有关，亲和性与光明三角、黑暗三角有关，神经质与心理健康有关。

在更好地理解了你的主人公后，接下来就要考虑怎么用文字把他描写出来。回顾第二章，提醒自己角色是如何通过行动、情感以及与其他角色的互动来体现五大人格维度的。为角色确定语言模式并将其写下来是很重要的，整个第三章我们都在探讨五大人格维度和人们说话方式之间的联系。

发展角色的语言模式

在为角色发展语言模式时，要重点考虑如何通过他们的言语来体现个性。回顾完第三章后，记下角色性格的主要方面，或者他们得分最高或最低的方面，这些是你在描写他们的对话时需要考虑的方面。例如，如果人物性格非常外向，不讨人喜欢，但在其他三个方面比较温和，就要让对话反映出他们擅长社交、健谈、自信但不讨人喜欢的天性。

在回顾了角色个性对谈话风格的影响后，就需要把这些理论内容和写作实践结合起来。这里有几个练习可能对你有用。

第一种是被广泛使用的戏剧技巧，即“焦点人物法”。找一些朋友或家人做你的观众，扮演成你创作的角色，介绍自己，让观众来问你问题。练习的方法就是从人物角色的性格出发来回答他们。如果你的角色是个令人讨厌的外向者，在你的谈话中要带头，要自信，要用非正式的对话练习，不要担心冒犯你周围的人。这个练习的重点是吸收我们一直在研究的理论——进入这个角色，找到这个角色的语言模式。

第二种练习是尝试写一段人物独白。想象一下，在故事开始时，让你的角色讲述他们的生活，现在就用第一人称记录下他们说的话。对于外向人物来说，这应该很容易，因为角色本身很可能会随意谈论自己。而对于内向人物来说，想象他们正在和最亲密的朋友甚至心理医生交谈，这种情况下要说什么？更重要的是，他们会怎么说出口？别忘了，角色的当下处境、年龄、社会阶层和背景也决定了他们交谈的用词。如果你仍觉得很难确定人物的语言风格，那就拿个笔记本，出去听一些真实的演讲。可以偷听一下和你正在写的内容最相似的人之间的对话，听听他们说话的模式，他们谈论的话题，以及他们最常用的词汇。一旦你开始感受到角色的声音，你可能会发现它一直存在。你甚至可能会发现，确定了人物的语言模式后，他们竟会展现出某些你以前没想过的个性。在心潮澎湃的时候，带着新的想法前进。这就是你创造性本能的用武之地。

给你的角色动机和信念

到了这个阶段，你可能已经知道你的角色的主要动机。如果没有，可以回顾一下第四章中列出的十二种动机，找出最适合你角色历程的那种。如果你的主人公性格发生了转变，可以考虑让他们自私地追求权力和地位是否能推动故事发展，而让他们渴望获得更多联系是否能结束故事。除了思考主要动机之外，也要考虑他们的最初目标是不是符合信念。举个例子，如果主人公最初是想挣大钱，因为他们相信金钱能带来快乐，随着财富的积累，主人公发现快乐并未随之而来，他们便会重新考虑终极信念并找到新的动机。

让角色发生转变

继续思考你的角色是如何发生转变的，请在表 8.5 中记下他们在开头和结尾的动机。然后在表 8.6 中记下信念的变化。如果你塑造的是一个动机不变的主角，那就跳到下一部分，思考他们的信念或性格是否有任何改变。

表 8.5　主角的动机变化

	开始	结束
动机		

表 8.6　主角的信念变化

	开始	结束
信念		

在弄清楚主人公的动机和信念如何受事件影响发生改变后，接下来就要弄清楚是什么改变了他们。他们经历的巅峰、低谷和转折点是什么？在哪些节点上发生？并在表 8.7 中记下来。

表 8.7　主角的转折点，巅峰经历和低谷

	开始	中间	结束
转折点			
巅峰			
低谷			

现在你知道了哪些事件会改变你的主角，再想想这些经历会给角色带来怎样的性格转变。人物是变得更自信、更讨人喜欢了还是更开放了？在表 8.8 中记下这些变化。

表 8.8　主角的性格变化

	开始	结束
性格		

图示角色的情感历程

在故事中设置好令主角发生转变的事件后，你便已经很好地了解其情感历程了。在图 8.2 的图表上画出你故事的高点和低点。然后想想主人公在情感历程开始和结束时的感受。将这些点连起来，绘制出主人公的情感历程，然后回头看看整个图示。你的故事有足够的情感转折点吗？如果你的目标是写本引人入胜的书，转折点之间的间隔是否有规律？转折点之间上升和下降的变化是否足够曲折，足以吸引读者？或者，如果你正在创作一个渐渐升温的故事，那么你构思的缓慢增加的紧张感是否反映在这条曲线上了？

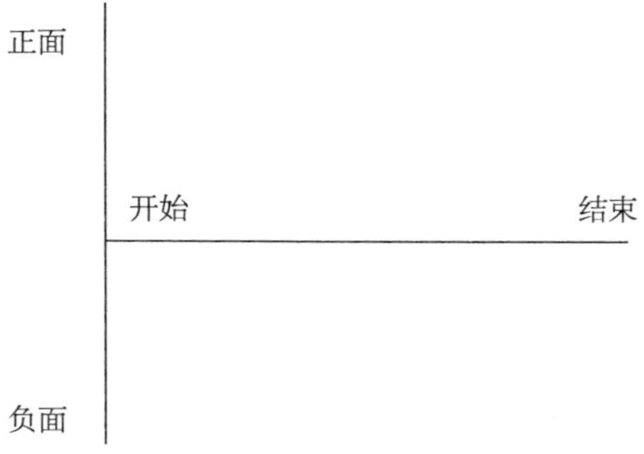

图 8.2　主角的情感历程

主人公的积极和消极情感只是他们情感世界的一个侧面。最吸引人的角色不能只用快乐和悲伤来概括，他们像所有人一样经历着各式各样的情感。请使用表 8.9 中的清单，确保主角有一个丰富的情感历程。

表 8.9　角色的情感范围

情感	示例场景
愤怒	
恐惧	
厌恶	
幸福	
悲伤	
惊喜	
愉悦	
敬畏	
蔑视	
满足	
欲望	
神经	
尴尬	
内疚	
兴趣	
嫉妒	
疼痛	
骄傲	
救援	
浪漫爱情	
满意	
羞愧	
同情	
紧张	

到了这里，你应该很好地了解了你的主要角色之间的细微差别和复杂性。你会知道他们想要什么，也知道他们需要什么。

你会发现他们是如何转变的，以及故事中哪些事件推动了这种转变。你会预见到读者会和主要人物发生了怎样的情感碰撞，你也会了解他的情感历程。现在是时候考虑一下你的次要人物了。

创造次要人物

在你确定了次要人物在故事中发挥的作用后，就要开始考虑他们的性格。为了确保你能创造出一系列适合故事基调的角色，并带有足够的冲突和个性，请完成表 8.10。如果你需要在这个图表中添加其他角色，或者删除不需要的角色，都没问题。接着从主要人物开始，依次对每个角色的人格维度（低、中或高）进行评级。

表 8.10　角色的个性，信念和目标

	主角	爱人	朋友 / 其他	对手
外向性				
亲和性				
神经质				
责任心				
开放性				
信念				
主要目标				

想想这些角色在哪些维度上得分最相似，在哪些维度上是完全相反的。还要确保角色对这个世界有不同的信念，这与他们的主要目标有关。完成表格后，再检查看看，确保它适合你的故事。有没有两个角色太相像了。由这一系列人物性格形成的基调是否适合你的故事？这个阶段不要急，这里需要而且值得花费时间去做好。

另一种检查次要人物是否足够复杂的方法是检查他们在黑暗三角和光明三角上的评级（低、中或高）。请记住，几乎没有人的品质是绝对的好或坏。我们大多数人倾向于光明三角，但也会有一些黑暗三角的特征。反派角色的性格更倾向于黑暗三角。请完成表8.11。

表 8.11　次要角色在黑暗和光明三角的评级

		主角	爱人	朋友 / 其他	对手
黑暗三角	马基雅弗利主义				
	自恋				
	精神病态				
光明三角	康德主义				
	人道主义				
	相信人性				

有关性格问题的疑难解答

希望你现在已经成功地创造出了角色，并迫不及待地想要开始写作。但是，在创建角色的过程中遇到问题时该怎么办呢？或许你在直觉上认为读者不会关心你的次要人物，你也可能收到编辑或读者对初稿的意见，告诉你某个角色需要改进。首先，要知道你有很多好伙伴。在我作为剧本顾问和编剧导师的工作中，我多次发现一些与角色相关的问题。以下是我最常看到的一些问题，以及我的解决方案。

问题：你的读者不关心你的主角。

解决方法：首先思考一下，你希望读者对你的主角产生什么样的感受？如果你希望自己创作出一个令读者喜欢的角色，那就要确保在人物出场时就让读者爱上他，相信他拥有善良的本质。光明三角里就包含某些令我们喜欢的最重要的特质，包括尊重他人的本性、维护他人的尊严、相信人本质上是善良的。其他受欢迎的品质还包括热情、善良、诚实、幽默、有合作精神、乐于助人、关心他人感受。通过人物行动来表现这些特征将有助于吸引你的读者。

当你塑造的是一个令人讨厌的主角时，可以表现他们本质上仍然是好的，从而让观众关注到他们。你可以给角色的行为设置好的出发点，或让角色尝试去做正确的事情；又或者，把角色难以相处、令人不快的性格与更具对抗性、不靠谱的一面对立起来。你还可以说明该角色有充分的理由去这样做，比如经历了艰难的生活，同时多赋予他们一些美好品质以作为对人格缺陷的补偿。

其他主要角色能让我们感兴趣也是因为他们富有魅力。他们不需要讨人喜欢，甚至不需要特别有同情心，但他们让我们想深入了解。如果你想要塑造一个有趣的人物，那就要赋予他们一个耐人深思的品质。他们或许守口如瓶，也可能奸诈狡猾、冲动、情感莫测。创造一个迷人角色的技巧就是让他们的行为方式难以理解但仍然令人觉得可信。

问题：你的主角很容易被遗忘，也很无趣。

解决方法：有三个主要原因可以解释为什么读者会认为你的主角很无趣和容易遗忘。

第一种原因是作者故意这么做，但在什么情况下这才是你真正想要的效果？更可能的情况是，你塑造的角色不知不觉地在五大维度中全都处在中等水平，无法给人留下深刻印象。这也许是因为你在写你自己，却没有足够信心来表现自己个性中更有趣的一面。

第二种原因是，作者可能对脑海中的角色有很好的构想，但驾驭文字的能力不足，写不出活灵活现的人物。例如，如果你构想了角色性格冲动，但没有通过行动、想法或对话来表现，那么读者就体会不到这些特征。作家们发现的一个很管用的方法是列出角色的所有个性特征，以此确保在写作中不会遗漏。表 8.12 所示为一个外向性格维度的清单。备注标明的是作者计划如何揭示角色外向性的一面，页码则表明其处在故事中的什么地方。

表 8.12　性格 / 场景的塑造清单示例

	方面	备注	页码
外向性	冷血	与除老朋友之外的其他人交流。	2,3,5,7……
	反社会	独处时才感到快乐的人。	1,4,6,8……
	高度自信	在互动中控制别人以确保得到自己想要的。	2,3,5,7……
	过度活跃	总是在行动并按计划行事。	1,4,5,6……
	激烈 / 中性情感	除了和老朋友开玩笑之外的所有时间。	2,3,5,9……
	寻求刺激	喜欢危险的刺激、很少考虑自己的安全。	4,9,15……

如果你觉得这种方法有帮助，就可以照着列出来，以确保在文字层面把握住你的角色的信念和动机。

问题：读者告诉我他们不太理解角色。

解决方法：个性体现了人物行为一致的倾向。你已经将关于精彩人物的想法按照表 8.12 中的例子罗列了一个场景清单，以确保你能刻画出这些特征，但得到的反馈仍然是读者不清楚这个角色到底是什么样的人，这也许说明了你的角色没有一致的行动，读者看不到他们的个性内核。比如某个角色曾经救过一只猫，但后来却忽视了陷入危险的猫或主动做出伤害猫的行为，读者便会认为这个角色情绪不稳定，而不会觉得他们是温柔的爱护动物者。

为了在故事中明确表现人物个性，必须确保他们的个性特征不会只显露一两次，而是贯穿于整个故事。这并不是说我们每次看到令人讨厌的人，他们就该是一副脾气暴躁、喋喋不休的样子，只不过在大多数时候表现得不讨喜，因为性格特征还是依靠具体情境来表现。在某些特定情况下，例如在与爱人分享一个骄傲的时刻时，他们可能是讨人喜欢的。正是性格上的一致性诠释了角色的个性特征，再加上我们看到的少数特定情境下人物行为与性格不符的情节，这就能让读者知道你笔下的人物究竟是谁，并由此相信他们的存在。

问题：所有角色的对话听起来都一样。

解决方法：回顾第三章关于对话的内容，为每个主要角色写一段独白，在重写之前要熟悉他们的说话方式。请记住，外向的角色更健谈，会从一个话题跳到另一个话题，并以非正式的方式说话。内向的人话少，只停留在一个话题上。亲和的角色是富有同情心的、合作的和积极的，他们还非常关心对方在交谈时是否感到自在。不讨喜的角色则十分直率地表明自己的想法。神经质得分较高的角色往往更消极，更多地谈论自己。情绪稳定的角色在谈话中很平静、让人舒服。开放性更高的角色能言善辩，而性格封闭的角色往往只讲只言片语。

倒不用通过语言风格来表现所有五个性格维度——只消表现出他们最突出的两三个维度就足够了。如果你觉得写作仍然很难的话，那么去偷听一些现实生活中和你的角色最相似的人的对话，做些笔记，用来写人物对话。千万别忘了把这些对话大声读出来。

问题：你的故事不够有戏剧性。

解决方法：故事戏剧性不够可能是因为角色之间没有足够的矛盾冲突。这也可能意味着主角面临的困难不够多，或者缺乏足够的内在冲突。要解决这些问题，请确保你的主人公和对手之间有足够多的、足够激烈的矛盾。而这个对手应该在黑暗三角中得分较高，他的动机、价值观、信念也和主人公不同。赋予角色相反信念的一种方法是把他们放置于开放性图表的两个极端。开放性人物通常更崇尚自由，而闭关自守的人物则更保守。

除了增加角色之间的人际冲突，你或许还得设置更多的外部阻碍。由此构思而成的生活事件有助于形成他们情感历程的高峰和低谷。同样重要的是，如果主角的情感历程没有高峰，那我们也不会有多欣赏情感的低谷。戏剧性来自读者所经历的兴奋感，故事在主人公顺利与不顺利之间反复摇摆时，兴奋感便油然而生。

后记

我在这本书里对心理学研究和理论做了简单、明晰的阐述，并分享了自己关于角色创作的观点。例如，我们如何塑造饱满、复杂的人物，人物发生转变的原因和方法，以及如何创造更具情感吸引力的角色。你会发现这本书里列出的方法模式有助于你从头开始创造新角色。你也可能会发现自己更喜欢凭直觉来写初稿，然后用某些特定的方法来评估角色的完成度，并解决你可能发现的任何问题。没有哪种写法是绝对正确的，要找到最适合自己的方式。

然而想要塑造伟大的角色，方法只有一个，那就是把你的想象力和对生活的观察结合起来。我们笔下的人物来源于生活经历，只有通过研究生活，才能写出最好的故事。我们只消放眼世界，敞开心扉。